Vent d'Est,
Vent d'Ouest

Pearl Buck

Vent d'Est, vent d'Ouest

roman

TRADUIT DE L'AMÉRICAIN
PAR
GERMAINE DELAMAIN

Stock

Titre original :

EAST WIND, WEST WIND

A tous mes amis hindous, princes, professeurs, politiciens, chasseurs, bateliers, balayeurs, et à G. H. sans qui je n'aurais jamais connu les merveilles et la beauté des Indes, ni compris le rêve hindou.

Première Partie

Une Chinoise parle...

1

Je puis vous raconter ces choses, à vous, ma sœur. Je ne saurais en parler avec l'un des miens, car il ne se ferait aucune idée de ces contrées lointaines où mon mari a passé douze ans, et je ne me sentirais pas libre non plus auprès de ces étrangères qui ne connaissent ni mon peuple ni notre manière de vivre depuis l'Ancien Empire. Mais vous ? Vous avez passé votre existence entière parmi nous. Même si vous appartenez aux pays où mon mari a étudié dans ses livres occidentaux, vous comprendrez ; je ne vous cacherai rien. Je vous ai appelée ma sœur, je vous dirai tout.

Vous savez que depuis cinq cents ans, mes ancêtres révérés ont habité cette antique cité de l'empire du Milieu. Aucune de leurs augustes personnes ne s'est montrée moderne ou avide de changement. Ils ont tous vécu, paisibles et dignes, confiants dans leur propre droiture. C'est ainsi que mes parents m'ont élevée, conformément aux traditions honorées. L'idée ne me serait jamais venue de souhaiter être autrement. Sans y réfléchir, il me semblait que tous les gens véritables devaient me ressembler. Si j'entendais dire faiblement, comme de très loin, par derrière les murs de la cour, qu'il existait des femmes différentes de moi, qui allaient et venaient librement, à la façon des hommes, je n'en faisais aucun cas ; je marchais, comme on me l'enseignait, dans les voies approuvées par mes ancêtres. Aucun contact du dehors ne me parvenait ;

je ne désirais rien. Mais à présent, le jour est venu où je considère avec ardeur ces créatures étranges — ces femmes modernes ; je cherche comment je pourrais les imiter. Non pas, ma sœur, pour moi-même, mais à cause de mon mari.

Il ne me trouve pas belle ! Est-ce parce qu'il a traversé les Quatre Mers, vers les pays d'au-delà, et qu'il a appris dans ces endroits lointains à aimer les choses et les coutumes nouvelles ?

Ma mère est une sage. Quand, à l'âge de dix ans, je cessai d'être une enfant et devins une jeune fille, elle me dit ces paroles :

— Une femme doit garder un silence de fleur devant les hommes et savoir se retirer au premier moment propice, sans montrer de confusion.

Me souvenant de cela, je courbai la tête lorsque je fus auprès de mon mari, et j'étendis mes deux mains en avant, sans répondre quand il me parla. Mais je crains qu'il ne trouve mon silence ennuyeux.

Si je cherche ce qui pourrait l'intéresser, mon esprit est aussitôt vide, comme un champ de riz après la moisson.

Seule avec ma broderie, je songe à des choses belles et délicates ; je lui avouerai mon amour. Non pas, soyez tranquille, avec des paroles effrontées, copiées sur l'Ouest avide, mais à mots couverts comme ceux-ci :

« Mon seigneur, avez-vous remarqué ce jour comme l'aube a commencé ? Il semble que la morne terre s'élançait vers le soleil. L'obscurité. Puis une formidable poussée de lumière, telle une explosion de musique ! Mon cher seigneur, je suis la morne terre en attente. »

Ou bien cela, lorsqu'il navigue le soir sur le lac Lotus : « Eh quoi, si les eaux pâles et languissantes cessaient d'éprouver l'attraction de la lune ? Si la vague n'était plus vivifiée par la lumière ? Oh ! mon seigneur, prends garde à toi, reviens-moi sain et sauf, de crainte que, sans toi, je ne sois cette pâle chose éteinte ! »

Mais quand il rentre, dans son bizarre costume exotique, je ne peux plus dire ces choses. Serait-il possible que j'aie épousé un étranger ? Ses mots sont rares, prononcés du bout des lèvres, et ses yeux glissent trop vite sur moi, même si je suis vêtue de satin couleur de pêche et si j'ai des perles dans mes cheveux fraîchement noués.

C'est là mon chagrin. Mariée depuis un mois à peine, je ne suis pas belle à ses yeux.

Depuis trois jours, j'ai réfléchi, ma sœur. Il me faut employer la ruse, chercher un moyen pour attirer sur moi les regards de mon mari.

Ne suis-je pas d'une lignée de femmes qui, durant bien des générations, ont trouvé faveur au regard de leur maître ? Depuis cent ans, une seule d'entre elles a fait exception du point de vue de la beauté : cette Kwei-mei du temps de Sung, qui fut marquée par la variole à l'âge de quatre ans. Cependant il est écrit qu'elle avait des yeux semblables à des joyaux noirs et une voix qui agitait le cœur des hommes, comme le vent dans les bambous au printemps. Son mari la chérissait si bien que, malgré ses six concubines, appropriées à sa richesse et à son rang, il la préférait à toutes. Et mon ancêtre Yang Kwei-fei — celle qui portait un oiseau blanc sur son poignet — tenait l'Empire lui-même entre ses mains parfumées, car l'empereur, le Fils du Ciel, était fou de sa beauté. Moi, la moindre d'entre ces honorables créatures, je dois donc avoir de leur sang dans mes veines, et leurs os sont mes os.

Je me suis regardée dans mon miroir de bronze, et c'est seulement par égard pour mon mari si je vous dis que j'ai constaté que d'autres sont moins jolies que moi. Mes yeux sont précis, le blanc nettement séparé du noir ; mes oreilles, petites, se pressent délicatement contre ma tête, en sorte que les boucles de jade et d'or y adhèrent ; dans l'ovale du visage ma bouche aussi est petite et bien arquée. Je voudrais seulement me trouver moins pâle, et il manque une ligne au prolongement de mes sourcils, vers les tempes ; je corrige ma pâleur avec un soupçon de rose aux creux de mes mains, que je frotte ensuite sur mes joues. Un pinceau trempé de noir achève la perfection de mes sourcils.

Je suis assez belle alors, et prête pour lui. Mais dès

l'instant où son regard s'abaisse sur moi, je m'aperçois qu'il ne remarque rien, ni lèvres ni sourcils. Ses pensées voguent ailleurs, par terre et par mer, partout où je ne suis pas à l'attendre.

Lorsque le géomancien eut désigné le jour de mon mariage, quand les coffres de laque rouge furent remplis jusqu'au bord, les couvre-pieds de satin, fleuris d'écarlate, amoncelés sur les tables, et les gâteaux de noce entassés comme des pagodes, ma mère me manda près d'elle dans sa chambre. Je me lavai les mains, me lissai les cheveux et pénétrai dans ses appartements. Elle était assise dans son fauteuil noir sculpté, et buvait du thé à petites gorgées, sa longue pipe de bambou cerclée d'argent appuyée contre le mur, à sa portée. Je me tins devant elle, tête baissée, sans me permettre de rencontrer ses yeux. Cependant je sentais son regard pénétrant parcourir mon visage, mon corps, mes pieds. Sa chaleur aiguë perçait le silence jusqu'à mon cœur. Enfin, ma mère me pria de m'asseoir. Elle jouait avec des graines de pastèque dans un plat, sur la table à côté d'elle. Son visage tranquille avait son habituelle expression de tristesse insondable. Ma mère était une sage.

— Kwei-lan, ma fille, me dit-elle, tu es sur le point d'épouser l'homme auquel tu fus promise avant que de naître. Ton père et le sien, en amis fraternels, jurèrent de s'unir par leurs enfants. Ton fiancé avait alors six ans. Tu naquis dans le cercle de cette année-là. Telle était ta destinée. Tu fus élevée dans ce dessein. Durant les dix-sept années de ta vie, j'ai eu en vue cette heure de ton mariage. En faisant ton éducation, j'ai songé à deux personnes : la mère de ton mari et ton mari lui-même. C'est pour sa mère que je t'ai appris à préparer et à présenter le thé à une personne âgée, à te tenir devant elle comme il sied, et à écouter en silence ses paroles, soit de louange, soit de blâme. En tout cas, je t'ai dressée à te soumettre, de même qu'une fleur subit le soleil et la pluie. C'est pour ton mari que je t'ai initiée à la manière d'orner ta personne, de t'adresser à lui, sans mot dire, par l'éloquence des yeux et de l'expression, et à... mais ces choses tu les comprendras quand l'heure viendra et que tu seras seule avec lui. Donc, te voilà bien instruite en tout ce qui concerne les devoirs d'une dame de condition. Tu t'entends à préparer les friandises et les mets délicats de façon à exciter l'appétit de ton mari et à attirer ses pensées sur ta valeur. Ne cesse jamais de le séduire par ton ingéniosité à varier les plats. Les usages et l'étiquette, dans la vie aristocratique — comment tu dois te présenter, puis te retirer, devant tes supérieurs, comment tu dois parler à tes inférieurs, entrer dans ta chaise à porteurs, et saluer en public la mère de ton mari —, toutes ces manières d'agir tu les connais. Le maintien d'une hôtesse, la subtilité des sourires, l'art d'orner tes cheveux avec des bijoux et des fleurs, de farder tes lèvres, tes ongles, de te parfumer ; l'astuce des souliers sur tes petits pieds. — Ah ! tes pauvres pieds, que de larmes ils ont coûtées ! mais je n'en connais pas d'autres, aussi menus, dans ta génération. Les miens, à ton âge, ne l'étaient guère plus. J'espère seulement que la famille de Li a tenu compte de mes messages et qu'ils ont lié aussi étroitement les pieds de leur fille, la fiancée de ton frère, mon fils. Mais je m'en inquiète, car j'entends dire qu'elle est instruite dans les Quatre Livres, et la science n'a jamais accompagné la beauté chez une femme. Il faut que j'envoie un mot à ce sujet à l'intermédiaire. Quant à toi, mon enfant, si ma belle-fille t'égale, je ne me plaindrai pas trop. On t'a appris à jouer de l'ancienne harpe, que nos femmes ont fait résonner pendant plusieurs générations pour la joie de leurs seigneurs. Tes doigts sont habiles, et tes ongles longs. On t'a enseigné les vers les plus fameux de nos poètes anciens et tu les chantes agréablement, accompagnée de ta harpe. Je ne vois pas comment ta belle-mère elle-même pourrait trouver une lacune dans mon œuvre. A moins que tu n'enfantes pas de fils ! Mais j'irais au temple présenter une offrande à la déesse si tu passais la première année sans concevoir.

Le sang me monta au visage. Je ne me souviens pas

d'avoir jamais rien ignoré des naissances et des maternités. Le désir d'avoir un fils dans une maisonnée comme la nôtre, où mon père gardait trois concubines uniquement occupées à concevoir et à donner naissance à des enfants, était trop habituel pour renfermer aucun mystère. Cependant la pensée de cela pour moi-même... mais ma mère ne vit pas mes joues brûlantes. Elle demeurait absorbée en méditation et se remit à jouer avec les graines de pastèque.

— Il n'y a qu'une chose, dit-elle enfin. Il a été au loin, en pays étranger. Il a même étudié la médecine de là-bas. Je me demande... Mais cela suffit : tu peux te retirer.

2

Je ne me souviens pas d'avoir jamais entendu ma mère prononcer un aussi long discours. En réalité, elle parlait rarement, si ce n'est pour gronder ou commander. Et c'était son rôle, car dans l'appartement de nos femmes, nulle ne l'égalait ; elle était la Première Épouse, supérieure par la position et l'intelligence. Vous avez vu ma mère. Elle est très maigre, vous vous souvenez, et son visage, avec sa pâleur et son calme, semble sculpté dans l'ivoire. J'ai entendu dire que dans sa jeunesse, avant son mariage, elle possédait une grande beauté, des sourcils d'ombre comme des papillons de nuit, et des lèvres aussi délicates que les boutons de cognassier aux couleurs de corail. Même à présent, émaciée, elle conserve le clair ovale qu'on voit sur les peintures d'autrefois. Quant à ses yeux, la Quatrième Épouse, dont la langue est habile, me disait un jour :

— Les yeux de la Première Épouse sont de tristes joyaux, des perles noires, qui meurent d'une trop grande connaissance de la douleur.

Il n'y eut personne de comparable à elle, dans mon enfance. Elle comprenait beaucoup de choses et se mouvait avec une tranquille dignité qui lui était naturelle et qui inspirait la crainte aux concubines et à leurs enfants. Les servantes l'admiraient, sans l'aimer. Je les entendais grommeler, car elles ne pouvaient même pas voler les restes, à la cuisine, sans que ma mère s'en aperçût. Cependant elle ne les réprimandait jamais bruyamment, comme le faisaient les concubines en colère. Lorsque ma mère voyait une chose qui lui déplaisait, peu de paroles s'échappaient de ses lèvres, mais elles étaient perçantes, pleines de mépris et tombaient sur la coupable avec le mordant de la glace sur la chair vive.

Elle était bonne pour mon frère et pour moi, mais toujours solennelle et froide, comme il convenait à sa position dans la famille. De ses six enfants, quatre lui furent retirés en bas âge par la cruauté des dieux. C'est pourquoi elle donnait tant de prix à son fils unique, mon frère. Elle avait présenté à mon père un héritier vivant, il ne pouvait donc légalement se plaindre d'elle.

Et puis, secrètement, elle était très fière de son fils, pour lui-même.

Vous avez vu mon frère. Il ressemble à sa mère, mince de corps, une ossature fine, grand et droit comme un jeune bambou. Enfants, nous vivions ensemble, et c'est lui qui, tout d'abord, m'enseigna à peindre à l'encre les caractères tracés sur mon premier livre. Mais il était un garçon et je n'étais qu'une fille. Lorsqu'il atteignit neuf ans et moi six, on le fit passer des appartements des femmes dans ceux qu'habitait mon père. Il trouvait déshonorant de rendre visite aux femmes, et de plus, ma mère ne l'y encourageait pas.

On ne me permit jamais, naturellement, d'aller dans les cours des hommes. Aux premiers temps de notre séparation, je me faufilai un soir, dans la pénombre, jusqu'à la barrière ronde, en forme de lune, qui s'ouvre sur leurs appartements. Je m'appuyai contre le mur d'en face, et cherchai à percer du regard les cours au-delà de la barrière, espérant voir apparaître mon frère dans le jardin. Mais je n'aperçus que les allées et venues des serviteurs empressés, portant des bols de nourriture fumante.

Lorsqu'ils ouvrirent les portes des salles de mon père, des éclats de rire s'en échappèrent, un chant de femme s'y mêlait, mince et aigu. Quand les lourdes portes se refermèrent, il ne resta que le silence sur le jardin.

Je demeurai longtemps à guetter le rire des convives, désirant savoir si mon père se trouvait au milieu de cette gaieté. Je me sentis brusquement tirée par le bras, et Wang Da-ma, la première servante de ma mère, me cria :

— Je le dirai à votre mère, si je vous y prends encore. A-t-on jamais vu une jeune fille si peu modeste, qui essaie de voir les hommes à la dérobée !

Honteuse, j'osais à peine murmurer une excuse :

— Je ne cherchais que mon frère.

Elle répondit fermement :

— Votre frère aussi est un homme à présent.

De sorte que je ne le vis plus que rarement.

Mais j'entendais dire qu'il aimait l'étude et faisait de bonne heure de grands progrès dans les Quatre Livres, et dans les Cinq Classiques. Si bien que mon père finit par se rendre à ses supplications et par lui permettre d'entrer dans une école étrangère à Pékin. Au moment de mon mariage, il étudiait à l'université nationale de Pékin, et dans ses lettres, il demandait constamment qu'on l'autorisât à aller en Amérique. Tout d'abord, mes parents ne voulurent pas en entendre parler, et ma mère ne l'accepta jamais. Mais mon père détestait les ennuis et je voyais bien que mon frère pourrait obtenir ce qu'il voulait à la longue, en l'importunant.

Durant les deux périodes de vacances qu'il passa à la maison avant mon départ, mon frère parla beaucoup d'un livre qu'il appelait « science ». Ma mère en souffrait, car elle ne voyait pas l'utilité de ces connaissances occidentales dans la vie d'un gentilhomme chinois. La dernière fois qu'il vint chez nous, mon frère était vêtu comme un étranger, ce qui mécontenta vivement ma mère. Lorsqu'il fit son entrée dans la pièce, sombre, avec un air de venir d'ailleurs, ma mère frappa le sol de sa canne en s'écriant :

— Qu'est-ce que cela ? Ne te hasarde plus jamais à te présenter devant moi dans cet accoutrement aussi absurde.

Il fut donc obligé de remettre ses anciens habits ; pourtant, dans sa colère, il attendit deux jours, jusqu'à ce que mon père se moquât de lui et lui en donnât l'ordre. Ma mère avait raison. Revêtu de son costume chinois, mon frère avait l'air majestueux, un véritable étudiant, mais avec ses jambes apparentes, cette tenue bizarre, il ne ressemblait à rien de ce que notre famille eût jamais vu ou connu.

Même pendant ces deux séjours, mon frère me parla à peine. J'ignore les livres qu'il aimait, car je ne pouvais continuer à travailler les Classiques. Mon temps était trop pris par toutes les choses nécessaires à ma préparation au mariage.

Bien entendu, dans nos rares conversations, il ne fut jamais question de son mariage. Cela n'eût pas été correct entre un jeune homme et une jeune femme. Seulement, je savais, par les servantes qui écoutaient aux portes, qu'il se montrait récalcitrant et ne voulait pas se marier, bien que ma mère, à trois reprises, eût cherché à fixer une date. Chaque fois, il persuadait mon père d'ajourner le mariage et de le laisser poursuivre ses études. J'étais naturellement au courant de ses fiançailles avec la seconde fille de la maison de Li, une famille bien établie dans la cité par sa richesse et par sa position. Trois générations avant celle-ci, le chef de la maison de Li et le chef de la nôtre gouvernaient deux comtés voisins dans une même province.

Nous n'avions pas vu la fiancée, cela va de soi. L'affaire avait été arrangée par mon père avant que mon frère eût un an. Des relations entre les deux familles n'auraient donc pas été convenables avant le mariage de mon frère. On ne parlait même jamais de la jeune fille. Une seule fois, j'entendis Wang Da-ma bavarder ainsi avec les autres servantes :

— C'est dommage que la fille de Li ait trois ans de plus que notre jeune seigneur, un mari doit être supérieur en tout, même comme âge. Mais la famille est ancienne et riche, et...

M'apercevant, elle se tut, et se remit au travail.

Je ne comprenais pas pourquoi mon frère refusait de se

marier. La première concubine se mit à rire quand elle l'apprit et s'écria :

— Il faut qu'il ait trouvé une jolie Mandchoue à Pékin. Mais je pensais qu'il n'aimait que ses livres.

Je grandis donc seule dans les cours des femmes.

Il y avait bien les enfants des concubines ; mais je savais que ma mère les considérait seulement comme autant de bouches à nourrir, lorsqu'elle distribuait la ration journalière de riz, d'huile et de sel ; elle ne leur prêtait d'autre attention que de commander le métrage de coton bleu uni, nécessaire à leurs vêtements.

Quant aux concubines, elles n'étaient au fond que des ignorantes, qui se querellaient à tout propos, et se montraient mortellement jalouses de la place qu'elles occupaient respectivement dans l'affection de mon père. Elles avaient excité sa fantaisie, tout d'abord, par une beauté qui se fanait comme les fleurs qu'on cueille au printemps, et les faveurs de mon père cessaient quand passait ce bref éclat. Mais elles ne semblaient jamais s'apercevoir qu'elles enlaidissaient et, longtemps avant l'arrivée de mon père, elles s'affairaient, fourbissant leurs bijoux, arrangeant leurs robes. Mon père leur donnait de l'argent les jours de fête ou quand il avait de la chance au jeu ; elles le dépensaient stupidement, en friandises et en vins ; puis, n'ayant plus rien à son retour, elles empruntaient de l'argent aux servantes pour s'acheter des souliers neufs et des ornements de cheveux. Les servantes, pleines de mépris pour les concubines qui avaient perdu les bonnes grâces de mon père, faisaient avec elles de durs marchés.

La plus vieille concubine, une grosse créature bouffie, dont les traits menus s'étaient enfoncés dans les montagnes de ses joues, n'avait de remarquable que ses belles petites mains, dont elle était extrêmement fière. Elle les lavait dans de l'huile, teignait l'intérieur en rouge rosé, et les ongles, unis et ovales, en vermillon. Ensuite elle les parfumait avec un lourd extrait de magnolia.

Parfois ma mère se lassait de la vanité si vide de cette femme, et la priait un peu malicieusement de lui faire de grossiers travaux de blanchissage et de couture. La grosse Deuxième Épouse n'osait protester, mais elle pleurnichait et se plaignait aux autres en secret, prétendant que ma mère la jalousait et voulait détruire sa beauté à cause de mon père. Elle disait cela en soignant ses mains. Elle les examinait avec la plus grande attention, cherchant des traces de meurtrissure et d'épaississement sur sa peau délicate. Je ne pouvais pas supporter le contact de ses mains ; elles étaient chaudes et douces, et fondaient quand on les serrait.

Mon père avait cessé de tenir à cette femme depuis longtemps, mais il lui donnait de l'argent, quand il passait la nuit dans son appartement, pour éviter ses criailleries dans les cours et ses reproches, qui l'agaçaient. Du reste il lui devait certains égards, à cause de ses deux fils.

Ces gros garçons ressemblaient à leur mère et je ne les revois que mangeant et buvant. Ils prenaient de copieux repas à table, avec les autres, mais ensuite se glissaient dans la cour des servantes et leur disputaient les restes. Ils y mettaient beaucoup de ruse, par crainte de ma mère qui détestait surtout la gourmandise. Elle-même se contentait d'un bol de riz sec, avec un peu de poisson salé ou un petit morceau de volaille froide, et d'une gorgée de thé parfumé.

Je ne me rappelle rien de plus, sur la Deuxième Épouse, si ce n'est sa crainte de la mort. Elle absorbait des quantités de gâteaux de sésame, sucrés et huileux, puis quand elle tombait malade, terrifiée et gémissante, elle appelait les prêtres bouddhistes et promettait de donner ses peignes de perles, si les dieux la guérissaient. Une fois remise, elle recommençait à manger des gâteaux et feignait d'oublier sa promesse.

La deuxième concubine, la Troisième Épouse, était une femme terne, qui parlait rarement et prenait peu d'intérêt à la vie de famille. Elle avait eu cinq enfants : des filles, à part le dernier-né, et en restait inconsolable, l'esprit affaibli. Les filles ne l'intéressaient pas. Tout à fait négligées, elles n'étaient guère plus considérées que les esclaves que nous achetions pour le service. Cette femme passait son temps dans un coin ensoleillé de la cour, nourrissant son fils, un enfant lourdaud au teint blême, incapable à trois ans de parler ou de marcher, et qui tirait éternellement sur les longs seins flasques de sa mère.

C'était la troisième concubine que je préférais. Une petite danseuse de Sou-tcheou. Elle s'appelait La-may, et elle était aussi jolie que la fleur de ce nom, qui met au printemps son or pâle sur les rameaux dégarnis. Elle lui ressemblait, délicate, pâle et dorée. Elle ne se fardait pas les joues comme les autres, mais se contentait d'accentuer ses sourcils étroits, et d'ajouter une touche de vermillon à sa lèvre inférieure. Au début, nous la voyions peu, car mon père, fier de sa beauté, l'emmenait partout avec lui.

La dernière année avant mon mariage, cependant, elle resta chez nous. Elle attendait la naissance de son fils : un enfant adorable, beau et potelé. Elle le prit et le déposa dans les bras de mon père, s'acquittant ainsi de ce qu'il lui avait donné en bijoux et en affection.

Avant la naissance de l'enfant, la Quatrième Épouse vivait dans une continuelle excitation, et les tintements de son rire résonnaient sans cesse. On faisait partout l'éloge de sa beauté, et vraiment je n'ai jamais vu de femme plus jolie. Elle portait des robes de satin couleur de jade avec du velours noir, et du jade à ses oreilles exquises. Elle nous méprisait toutes un peu, bien qu'elle nous fît d'insouciantes et généreuses distributions des gâteaux et des sucreries qu'on lui donnait dans les festins auxquels, chaque soir, elle assistait avec mon père. Elle ne paraissait presque rien manger elle-même ; un gâteau de sésame, le matin, quand mon père la quittait et, à midi, la moitié d'un bol de riz accompagné d'une pousse de bambou ou d'une petite tranche de canard salé. Elle aimait les vins exotiques et elle cajolait mon père pour qu'il achetât un liquide jaune pâle avec des bulles à pointes d'argent qui montaient du fond. Cela la faisait rire et bavarder, et ses yeux brillaient comme des cristaux noirs. Alors elle amusait beaucoup mon père, et il la priait de danser et de chanter pour lui.

Pendant que mon père se divertissait, ma mère, assise dans ses appartements, lisait les nobles maximes de Confucius. Quant à moi, jeune fille, j'aurais voulu savoir ce qui se passait le soir à ces festins, et glisser mon regard entre les découpures ouvragées de la porte en forme de lune, jusque dans la salle des hommes. Mais je savais que ma mère le défendait et j'avais honte de la tromper.

Un soir cependant — je rougis de ma désobéissance filiale —, je me faufilai en secret, dans la sombre nuit d'été, pour épier, à travers la barrière, les appartements de mon père. Je me demande pourquoi je le fis. Je ne songeais plus à mon frère. Un étrange trop-plein de vague désir m'avait rendue inquiète toute cette longue journée brûlante. Et quand la nuit tomba, noire et chaude, remplie de l'épais parfum des fleurs de lotus, la tranquillité de nos chambres de femmes me sembla une chose morte. Mon cœur battait fort quand je vis les portes grandes ouvertes, et la lumière d'une centaine de lanternes se répandre au-dehors, dans l'air calme. A l'intérieur, les hommes mangeaient et buvaient, assis à des tables carrées. Les serviteurs s'empressaient, portant les mets. Derrière chaque siège se dressait une silhouette de femme, svelte comme une tige de vigne. La seule à table était La-may, placée à côté de mon père. Je pouvais la distinguer nettement ; son visage souriait, aussi brillant qu'un pétale de fleur de cire, lorsqu'il se tournait vers mon père. Elle lui murmura quelque chose, remuant à peine les lèvres, et un gros éclat de rire s'éleva parmi les hommes. Le sourire de La-may ne s'élargit pas ; il se maintint léger et subtil.

Cette fois-ci, ma mère en personne me découvrit. Elle quittait rarement la maison, même pour se promener dans les cours, mais la chaleur de la nuit l'avait entraînée au-dehors, et ses yeux aigus me discernèrent aussitôt. Elle m'ordonna de rentrer au plus vite dans ma chambre et, m'y suivant, elle frappa les paumes de mes mains avec son éventail de bambou refermé, puis me demanda avec mépris si j'avais envie de voir les prostituées à l'œuvre. J'eus honte et je pleurai.

Le lendemain, elle fit mettre un treillis d'écaille opaque sur la porte en forme de lune, et je ne cherchai plus jamais à regarder au travers.

Ma mère ne s'en montrait pas moins bonne envers la Quatrième Épouse. Les servantes louaient leur maîtresse pour son indulgence, mais je me figure que les concubines auraient préféré la voir cruelle, comme la Première Épouse l'est si souvent envers les autres. Peut-être ma mère se doutait-elle de ce qui arriverait.

Après la naissance de son bébé, la Quatrième Épouse s'attendait à suivre mon père de nouveau. Elle ne le nourrit donc pas elle-même, de crainte d'abîmer sa beauté. Elle confia l'enfant à une forte esclave dont la fille, bien entendu, n'avait pas eu le droit de vivre. Cette esclave était une femme épaisse, avec une bouche immonde ; cependant le petit garçon dormait toute la nuit sur son sein, contre sa chair, et restait le jour entre ses bras. La mère faisait peu de cas de son fils, si ce n'est pour le revêtir d'écarlate les jours de gala, lui mettre aux pieds des souliers à tête de chat, et jouer un instant avec lui. Dès qu'il criait, elle le repoussait avec impatience dans les bras de l'esclave.

Ce fils ne lui donnait pas assez de prise sur mon père. Elle avait beau s'être acquittée légalement envers lui, elle devait encore, comme toutes nos femmes, chercher à captiver ses sens, chaque jour, par d'habiles stratagèmes. Mais son adresse ne suffisait plus. Elle était moins belle qu'avant la naissance de l'enfant. Son petit visage de perle uni s'était affaissé, juste de quoi enlever la délicate fleur de la jeunesse. Elle s'habilla dans sa robe vert jade, et fit tinter son rire léger. Mon père semblait aussi satisfait d'elle que jamais ; seulement, à son premier voyage, il ne l'emmena pas.

Sa stupéfaction et sa rage furent horribles à voir.

Ravies au fond, les autres concubines firent semblant de la consoler avec force sourires. Ma mère accentua ses bontés. J'entendis Wang Da-ma marmonner en colère :

— Ah oui ! A présent, nous allons avoir une autre fainéante à nourrir ; il est déjà fatigué de celle-ci.

A partir de ce jour, la Quatrième Épouse se replia sur elle-même. Profondément lasse de l'existence monotone qu'on mène dans une cour de femmes, elle devint maussade et eut des crises d'irritabilité. Habituée aux festins et aux hommages des hommes, elle sombra dans la mélancolie, et chercha même plus tard à attenter à ses jours. Mais ce fut après mon mariage. Il ne faudrait pas croire, cependant, que nous avions une vie triste à la maison. Nous étions très heureux, au contraire, et beaucoup de nos voisines enviaient ma mère.

Mon père respectait son intelligence et son aptitude à gérer ses affaires. Elle, de son côté, ne lui faisait jamais aucun reproche.

Ils vivaient ainsi, dans la dignité et la paix.

Oh ! ma chère maison ! Mon enfance se déroule devant moi, comme autant d'images illuminées par la clarté du feu : les cours où, à l'aube, je regardais la brusque éclosion des boutons de lotus dans la pièce d'eau, et les pivoines fleurissant sur les terrasses ; les chambres dans lesquelles les enfants se bousculaient sur le carrelage, les bougies brûlant devant les dieux familiers ; l'appartement de ma mère, où je revois son délicat profil austère penché sur un livre et, dans le fond, l'immense lit à baldaquin.

Mais la majestueuse salle des invités m'a toujours été chère entre toutes, avec ses énormes divans et ses fauteuils en bois de teck noir, sa longue table sculptée et ses portières de satin écarlate. Au-dessus de la table est le portrait en couleurs du premier empereur Ming — visage indomptable, avec un menton comme une falaise de pierre. De chaque côté du tableau pendent les étroits rouleaux d'or.

Au midi, tout le panneau du fond de la salle est pris par les cadres sculptés des fenêtres qui entourent les treillis garnis de papier de riz. Ce papier verse sur la sombre dignité de la pièce une douce lumière de pierre de lune qui s'élève jusqu'aux lourdes solives, éclairant leurs arêtes, peintes d'or et de vermillon.

C'était comme si j'écoutais une mélodie, lorsque, tranquillement assise dans la salle de mes ancêtres, je regardais tomber le crépuscule dans ce silence d'ombre.

Le deuxième jour de la nouvelle année, choisi par les dames de qualité pour se rendre visite, la pièce s'égaie avec raffinement. Un cortège de femmes brillamment vêtues pénètre dans une pénombre d'un autre âge. Il y a de la lumière, des rires et des bribes de cérémonieuse conversation. Les esclaves passent des gâteaux minuscules dans les plateaux à sucreries, en laque rouge. Ma mère préside tout cela avec une grave courtoisie. Pendant des centaines d'années, les vieilles poutres ont contemplé cette même scène : têtes noires et yeux noirs, soies et satins arc-en-ciel, ornements de cheveux en jade, perles ou rubis, et, sur les fines mains d'ivoire, l'éclat des turquoises et de l'or.

Oh ! ma chère maison — si tendrement aimée !

Je me revois, petite personne solennelle, cramponnée à la main de mon frère et regardant flamber le feu dans la cour où l'on se prépare à brûler les dieux de la cuisine. On a enduit de miel leurs lèvres de papier, afin qu'ils montent au ciel avec de douces paroles et oublient de rapporter les querelles des servantes et les larcins faits dans les bols de nourriture. Nous sommes saisis de respect à l'idée du départ de ces messagers vers les lointains inconnus. Nous en restons muets.

Je me revois à la fête du Dragon, dans ma plus belle robe d'apparat, en soie rose, brodée de fleurs de prunier, ayant peine à attendre le soir, le moment où mon frère m'emmènera voir la barque du dragon sur la rivière.

Je me revois à la fête du Dragon, avec ma plus vieille nourrice, à la fête des Lanternes ; elle rit de mon exaltation, la nuit tombée, lorsque je vais allumer la chandelle rouge et fumeuse, à l'intérieur du ballon de papier.

Je me revois marchant lentement à côté de ma mère, vers le grand temple. Je la regarde verser l'encens dans l'urne. Je m'agenouille avec elle, révérencieusement, devant le dieu, et la peur me glace au-dedans de moi.

Je vous le demande, ma sœur, comment, formée par de telles années, puis-je m'être préparée à l'homme qu'est mon mari ? Tous mes talents ne me servent à rien. Je projette en secret de mettre mon paletot de soie bleue dont les boutons noirs sont si habilement façonnés d'argent. J'ornerai mes cheveux de jasmin et j'enfilerai mes souliers pointus en satin noir brodé de bleu. Je l'accueillerai à sa rentrée. Mais quand le moment est venu, ses yeux s'évadent rapidement pour se poser sur autre chose — ses lettres sur la table, son livre —, je suis oubliée.

Une crainte torturante gît au fond de mon cœur. Je me souviens de la veille de mon mariage. Ce jour-là ma mère écrivit rapidement deux lettres, de sa propre main, l'une à mon père et l'autre à ma future belle-mère, et les expédia en grande hâte par le vieux portier.

Je ne l'avais jamais vue si troublée. Ce même jour, j'entendis murmurer les servantes, disant que mon fiancé désirait rompre parce que j'étais sans instruction, et que j'avais les pieds bandés. Je fondis en larmes, et les servantes eurent peur et jurèrent qu'il ne s'agissait pas de moi, mais d'une des grosses filles de Mme Tao.

Mais à présent je me souviens de cela et je m'en tourmente beaucoup. Se pourrait-il que ce fût moi ? Les servantes mentent toujours ! Cependant je ne suis pas sans instruction. J'ai été soigneusement instruite de toutes les choses de la maison et des soins que je dois donner à ma personne. Quant à mes pieds, sûrement personne ne pourrait les préférer énormes et vulgaires, comme ceux d'une fille de fermier. Non, ce n'était pas de moi — ce ne pouvait être de moi qu'elles parlaient.

3

Lorsque j'eus dit adieu à la demeure de ma mère, pour monter dans le grand palanquin rouge qui m'emportait vers la maison de mon mari, je ne songeai pas un instant que je risquais de ne pas lui plaire. Je me souvenais avec plaisir de ma petite taille, de mon corps léger et de mon visage ovale que les autres aimaient à regarder.

En cela du moins, il ne serait pas déçu.

Pendant la cérémonie du vin, je glissais les yeux vers lui, entre les cordelières en soie rouge de mon voile. Je le vis debout, dans son raide costume noir d'étranger. Il était grand et droit comme un jeune bambou. Mon cœur se glaça et devint brûlant tout à la fois. Je me sentais malade du désir de surprendre son regard furtif. Mais il ne se détourna pas pour chercher à percer mon voile. Nous bûmes ensemble les coupes de vin. Nous nous prosternâmes devant les tablettes ancestrales. Je m'agenouillai avec lui aux pieds de ses augustes parents. Je devins leur fille, quittant à jamais ma famille et mon clan. Il ne m'avait pas encore regardée.

Cette nuit-là, les fêtes, les rires et les plaisanteries terminées, je m'assis seule sur la couche dans la chambre nuptiale. La peur m'étouffait. L'heure que je m'étais imaginée toute ma vie, que j'avais crainte et désirée, était venue — cette heure, où, pour la première fois, mon mari regarderait mon visage et où nous serions seuls ensemble. Mes mains glacées se pressaient l'une contre l'autre sur mes genoux. Alors il entra, toujours aussi grand et sombre dans ses vêtements foncés. Il vint à moi tout de suite et, silencieusement, souleva mon voile et me regarda longuement. Ainsi il m'admettait. Puis il s'empara d'une de mes mains glacées. La sagesse de ma mère m'avait enseigné ceci :

« Montre-toi plutôt froide qu'ardente. Aie la saveur du vin plutôt que la douceur rassasiante du miel, et son désir ne te fera jamais défaut. »

En sorte que je ne lui abandonnai ma main qu'à regret. Aussitôt, il retira la sienne et me regarda en silence. Ensuite il commença à me parler avec un grand sérieux. Au début je ne comprenais pas ses paroles à cause de l'émerveillement de leur son pour mes oreilles ; une voix d'homme tranquille, profonde, qui faisait tressaillir ma chair de crainte. Puis des mots me parvinrent qui m'étonnèrent. Que disait-il ?

— On ne peut vous demander d'être attirée vers celui que vous apercevez pour la première fois ; il en est de même de mon côté. On nous a obligés, l'un comme l'autre, à ce mariage. Jusqu'ici, nous étions sans défense. Mais à présent nous voilà seuls ; nous sommes libres de nous créer une vie selon nos désirs. Quant à moi, je veux suivre les voies nouvelles. Je veux vous considérer, en toutes choses, comme mon égale. Je n'userai jamais de la contrainte. Vous n'êtes pas mon bien, un objet en ma possession. Vous pouvez être mon amie, si vous voulez.

Voilà le discours que j'entendis le soir de mes noces ! Tout d'abord, j'étais trop étonnée pour comprendre. Son égale ! Mais comment ? Ne suis-je pas sa femme ? Quel autre que lui pourrait me diriger ? N'est-il pas mon maître par la loi ? Personne ne me l'a imposé. Que ferais-je donc si je ne me mariais pas ? Et si je me marie il faut que cela se passe ainsi que mes parents l'ont décidé ; je ne puis épouser que celui à qui j'ai été fiancée toute ma vie ! Il n'y a rien là qui soit en dehors de nos coutumes. Je ne vois pas où la force intervient.

Ses paroles de nouveau résonnent, cuisantes, à mes oreilles : « On nous a obligés, l'un comme l'autre, à ce mariage. » Soudain, je défaille de crainte. Voulait-il laisser entendre qu'il eût préféré ne pas se marier avec moi ?

Oh ! ma sœur, quelle angoisse — quelle amère douleur !

Je me tordais les mains sur mes genoux, n'osant rien dire, ne sachant comment répondre. Il posa une de ses mains sur les deux miennes, et nous restâmes un instant silencieux. Mais je n'avais qu'une envie, c'est qu'il retirât cette main. Je sentais peser son regard sur moi, enfin il parla, d'un ton bas et amer :

— C'est ce que je craignais. Vous ne voulez pas — vous ne pouvez pas — me montrer votre pensée réelle. Vous n'osez pas rompre avec tout ce qu'on vous a appris à dire et à faire à cette heure-ci. Écoutez-moi sans prononcer un mot, je ne sollicite qu'un léger signe : si vous consentez à essayer de suivre avec moi le sentier nouveau, inclinez un peu la tête.

Il m'observait de très près. Je sentais peser sa main. Que voulait-il laisser entendre ? Pourquoi les choses ne pouvaient-elles procéder selon l'ordre convenu ? Je devais vraiment être sa femme et je désirais devenir mère de plusieurs fils. Oh ! c'est alors que commença mon chagrin, ce poids qui ne me quitte ni jour ni nuit ! Je ne savais que faire. Dans mon désespoir et mon ignorance, je baissai la tête.

— Je vous suis reconnaissant, dit-il. (Puis il se redressa et retira sa main.) Reposez tranquillement dans cette chambre. Souvenez-vous que vous n'aurez rien à craindre, ni maintenant ni jamais. Soyez en paix. Je dormirai cette nuit dans la petite pièce à côté.

Il se détourna rapidement et sortit.

Oh ! Kwan-yin, déesse de la Miséricorde, ayez pitié, ayez pitié de moi ! Une enfant si jeune, si terrifiée dans son abandon ! Jamais je n'avais dormi loin de chez moi. A présent, je dois me coucher solitaire, sachant enfin que je n'ai pas trouvé grâce à ses yeux.

Je courus à la porte, si affolée que je pensais pouvoir

m'échapper et revenir à la maison de ma mère. Mais le contact de la lourde barre de fer, sous ma main, me fit reprendre mes sens. Il n'y aurait jamais de retour possible. Si, par miracle, je m'échappais à travers les cours inexplorées de ma nouvelle demeure, il resterait les rues inconnues. Si, là encore, je parvenais à me frayer un chemin jusqu'au portail familier, il ne s'ouvrirait pas pour me recevoir. Même si le vieux gardien, attendri par ma voix, me laissait trébucher au-delà du seuil de mon enfance, ma mère serait là. Je la voyais, triste, inexorable, m'ordonnant de retourner immédiatement sous le toit conjugal. Je ne faisais plus partie de la famille.

Je retirai lentement ma parure de mariée et la pliai avec soin. Je restai longtemps assise sur le bord du grand lit à rideaux, craignant de me glisser dans son ombre. Les paroles de mon mari s'agitaient follement dans mon esprit, dénuées de sens. Enfin les larmes me vinrent aux yeux, et je me blottis sous les couvertures pour y sangloter durant de pénibles heures, jusqu'à ce qu'un sommeil agité m'effleurât.

Je m'éveillai à l'aube, étonnée tout d'abord à l'aspect de cette chambre inconnue. Les tristes souvenirs ne tardèrent pas à affluer. Je me levai en hâte et me vêtis. Lorsque la servante entra apportant l'eau chaude, elle sourit et regarda autour d'elle d'un œil inquisiteur. Je me redressai. J'étais heureuse que ma mère m'eût appris la dignité. Du moins personne ne saurait que j'avais déplu à mon mari. Je dis :

— Portez l'eau à votre maître. Il s'habille dans la chambre intérieure.

Je me parai fièrement de brocart et d'écarlate et suspendis de l'or à mes oreilles.

Les jours d'une lune entière ont passé depuis que nous nous sommes rencontrés, ma sœur. D'étranges événements ont mis de la confusion dans ma vie.

Nous avons quitté sa demeure ancestrale ! Il a osé dire que sa mère honorée était une autocrate, et qu'il ne voulait pas voir sa femme servante chez lui. C'est venu à propos d'une bien petite chose. Lorsque les fêtes nuptiales furent terminées, je me présentai à la mère de mon époux. Levée de bonne heure, j'appelai une servante et lui demandai de l'eau chaude. Je la versai dans une cuvette de métal, puis, précédée de l'esclave, je me rendis devant ma belle-mère.

Je m'inclinai et lui dis :

— Je prie l'Honorable d'accepter de se rafraîchir en se baignant avec cette eau chaude.

Elle était couchée dans son lit, masse énorme, véritable montagne sous ses couvertures de satin. Je n'osai pas la regarder lorsqu'elle s'assit pour se laver les mains et le visage.

Quand elle eut terminé, elle me fit signe, sans mot dire, de prendre la cuvette et de me retirer. J'ignore si ma main se prit dans les lourds rideaux de soie, ou si, craintive, je tremblai, de sorte qu'en soulevant le bassin il bascula et un peu d'eau se renversa sur le lit. Je sentis mon sang se figer de terreur. Ma belle-mère cria, furieuse, d'une voix enrouée :

— Eh bien, voilà une jolie belle-fille !

Je savais que je ne devais pas m'excuser. Je me détournai donc, et tenant la cuvette d'une main incertaine, aveuglée par les larmes, je quittai sa présence. Comme je sortais, mon mari vint à passer, et je vis que, pour une raison quelconque, il était en colère. Je craignis un blâme pour avoir déplu à sa mère dès la première occasion. Je ne pouvais lever les mains pour sécher les larmes que je sentais s'amasser et couler sur mes joues.

— La cuvette glissait...

Mais il m'interrompit :

— Je ne vous en veux pas. Seulement, je refuse que ma femme fasse encore ce métier de servante. Ma mère a une centaine d'esclaves.

Je tâchai de lui expliquer que j'avais voulu rendre à sa mère l'hommage qui convenait. La mienne m'avait soigneusement appris toutes les prévenances qu'une belle-fille doit à la mère de son mari : je me lève poliment, et reste debout devant elle. Je la conduis au siège le plus honorable. Je rince sa tasse. J'y verse lentement le thé vert, fraîchement infusé, et le lui présente des deux mains. Je dois tout accepter d'elle. Je dois la chérir comme ma propre mère, et je dois supporter en silence ses reproches, même injustes. Je suis prête à m'incliner devant elle en toutes choses... Mais mon mari ne prêtait aucune attention à mes paroles, sa décision était prise.

Il ne faut pas croire que le changement fut facile. Ses parents lui ordonnèrent même de rester sous le toit ancestral, suivant l'ancienne coutume. Son père est un érudit, petit, mince, et courbé par le savoir. Assis à droite de la table dans la salle commune, il caressa par trois fois sa maigre barbiche, avant de dire :

— Mon fils, demeure en ma maison. Ce qui est à moi est à toi. Il ne manque pas de nourriture ni d'espace. Tu n'auras jamais besoin d'user ton corps en labeur physique. Passe tes jours dans un digne loisir, et étudie ce qui te plaît. Permets à celle-ci, la belle-fille de ta mère honorée, de produire des fils. Trois générations d'hommes sous un même toit sont un spectacle qui plaît au ciel.

Mais mon mari est vif et impatient. Sans prendre le temps de s'incliner devant son père, il s'écria :

— Mais je désire travailler, mon père ! J'exerce une profession scientifique, la plus noble dans le monde occidental. Mon premier désir n'est pas d'avoir des fils. Je veux produire des fruits de mon cerveau pour le bien de mon pays. Un simple chien peut peupler la terre des fruits de son corps.

J'épiais à travers les portières bleues, j'entendis moi-même le fils parler ainsi au père ; j'en demeurai remplie d'horreur. Eût-il été l'aîné, ou bien élevé à l'ancienne mode, il n'aurait jamais pu résister ainsi à son père. Les années passées au loin, dans des pays où les jeunes ne révèrent pas les plus âgés, l'ont rendu moins filial. Il est vrai qu'en partant il a prononcé des mots courtois envers ses parents, les assurant qu'il leur gardait à jamais son cœur de fils.

Néanmoins, nous avons déménagé.

La nouvelle maison ne ressemble à rien de ce que j'ai jamais vu. Il n'y a pas de cours. Une seule entrée minuscule, carrée, sur laquelle s'ouvrent les autres pièces et d'où monte un escalier rapide. La première fois que j'en ai escaladé les degrés, j'ai eu peur de redescendre, à cause de sa raideur à laquelle mes pieds ne sont pas accoutumés. Je m'assis donc, me laissant glisser marche par marche, cramponnée à la rampe de bois. Je m'aperçus ensuite qu'un peu de peinture avait déteint sur ma veste, et me dépêchai d'en changer, craignant que mon mari ne s'interrogeât et ne rît de ma frayeur. Il rit vite et brusquement, avec grand bruit. Je redoute son rire.

Quant à la disposition des meubles, je ne sais comment les placer dans une semblable maison. On ne peut rien y mettre. J'avais apporté en dot, de chez ma mère, une table et des sièges massifs en bois de teck, et un lit aussi large que la couche nuptiale de ma mère. Mon mari plaça la table et les fauteuils dans une pièce secondaire qu'il appelle « salle à manger », et le grand lit, que je croyais destiné à voir naître des fils, ne peut même pas entrer dans l'une des petites chambres du haut. Je dors sur un lit de bambou, pareil à celui d'une servante. Quant à mon mari, il repose sur un lit de fer, aussi étroit qu'un banc, dans une autre chambre. Je ne peux pas m'habituer à ces étrangetés.

Dans la pièce principale, qu'il nomme le « salon », mon mari a disposé des fauteuils qu'il a achetés lui-même ; de curieuses choses difformes, dont pas une ne ressemble à l'autre ; il y en a en vulgaire jonc ! Au milieu, se trouve une petite table recouverte de pongée, et quelques livres. C'est laid !

Il a pendu aux murs des photographies de ses camarades et un carré de drap orné de caractères étrangers. Je lui ai demandé si c'était son diplôme et il a beaucoup ri. Il me l'a montré alors. C'est un morceau de peau tendue avec de drôles d'inscriptions noires. Il m'indiqua son nom, suivi de marques crochues. Les deux premières désignent son grand collège et les deux autres ses capacités comme docteur en médecine occidentale. Je lui ai demandé si cela correspondait au grade de notre ancien *Han-li* et il a ri de nouveau en disant qu'il n'y avait aucune comparaison. Ce diplôme, encadré sous verre, a au mur la place honorée qu'occupe chez ma mère, dans la salle des invités, l'auguste portrait du vieil empereur Ming.

Mais cette hideuse maison occidentale ! Comment pourrai-je jamais m'y sentir chez moi ? Les fenêtres ont de larges panneaux de verre transparent, au lieu de treillis sculptés et du papier de riz opaque. La lumière crue luit sur les murs blancs et saisit chaque grain de poussière sur les meubles ; je ne suis pas habituée à cet éclat impitoyable. Si je touche mes lèvres de vermillon et étends de la poudre de riz sur mon front, comme on m'a appris à le faire, cette lumière le révèle si bien que mon mari me déclare :

— Je vous en prie, ne vous peignez pas ainsi pour moi, je préfère qu'une femme garde l'air naturel.

Cependant omettre de se servir de la douceur de la poudre et de la chaleur du vermillon, c'est laisser inachevé l'accent de la beauté. C'est comme si je croyais avoir suffisamment brossé mes cheveux, sans y ajouter le glacis de l'huile, ou si je me mettais aux pieds des pantoufles non brodées. Dans une maison chinoise la lumière, tamisée par les treillis et les sculptures, tombe, très douce, sur le visage des femmes. Comment puis-je être belle à ses yeux dans une maison comme celle-ci ?

De plus, ces fenêtres sont stupides. Mon mari a acheté du tissu blanc pour en faire un trou dans le mur pour le garnir ensuite de verre et le recouvrir d'étoffe.

Quant au sol, c'est un plancher de bois, et les souliers occidentaux de mon mari claquent à chaque pas, dans ses allées et venues. Aussi il a acheté un lourd molleton de laine à fleurs, qu'il a disposé en larges carrés sur le plancher. J'en étais stupéfaite. Je craignais que nous ne l'abîmions ou que les servantes n'oublient et crachent dessus. Mais quand j'en fis la remarque, mon mari s'indigna, déclarant qu'il ne permettait pas qu'on crache à terre.

— Où donc, alors ? demandai-je.

— Dehors, si c'est vraiment indispensable, répondit-il brièvement.

Mais c'était très difficile à obtenir des servantes, et moi-même, j'oublie parfois, et crache les coques des graines de pastèque sur les carrés de laine. Mon mari a donc acheté des petits pots trapus pour chaque pièce, et nous oblige à nous en servir. C'est curieux, lui-même prend son mouchoir, et le remet ensuite dans sa poche ! Une dégoûtante habitude occidentale !

4

Aï-ya, il est des heures où je m'enfuirais si j'en trouvais les moyens. Mais, en de semblables circonstances, je n'ose me présenter devant ma mère et ne puis aller ailleurs. Les jours se traînent, l'un après l'autre ; de longs jours solitaires. Car il travaille comme s'il était un laboureur qui doit gagner le riz qu'il mange au lieu d'être ce qu'il est, le fils d'un riche fonctionnaire. De bonne heure le matin, avant que le soleil n'ait rassemblé la chaleur du plein jour, il part pour son travail et je reste seule jusqu'au soir dans cette maison. Il n'y a que les servantes inconnues au fond de la cuisine, et j'ai honte d'écouter leur bavardage.

Hélas ! je songe parfois qu'il serait préférable de servir sa mère et de vivre dans les cours avec mes belles-sœurs ! Du moins, j'entendrais le son des voix et des rires. Ici, tout le jour, le silence pèse sur la maison, comme un brouillard.

Je ne peux que rester assise, à réfléchir, et à rêver aux façons de prendre son cœur.

Je me lève de très bonne heure pour me préparer à paraître devant lui, même si, trop agitée, je n'ai pas dormi. Je lave mon visage dans de l'eau bouillante, aromatisée, et je l'adoucis ensuite avec des huiles et des parfums, tant je désire au matin m'emparer de son cœur par surprise. Mais j'ai beau me hâter, je le trouve toujours installé à sa table de travail.

Chaque jour, c'est pareil. Je tousse un peu, et tourne, le

plus légèrement possible, la poignée ronde de la porte. Ah ! ces drôles de boutons durs, comme j'ai dû les remuer en tous sens, avant d'en connaître le secret. Mon mari s'impatiente de mes tâtonnements, aussi je m'exerce en son absence. Malgré tout, mes doigts glissent le matin sur la porcelaine unie et froide, et mon cœur défaille, tandis que je me hâte. Mon mari déteste la lenteur, et les mouvements de son corps sont si rapides, lorsqu'il marche, que je crains qu'il ne lui arrive du mal.

Mais il ne prend aucune précaution. Jour après jour, à la première fraîcheur, quand je lui apporte son thé chaud, il l'accepte sans lever les yeux de son livre. A quoi sert que, dès l'aube, j'envoie une servante chercher du jasmin frais pour le mettre dans mes cheveux ?

Ce parfum lui-même ne traverse pas les feuillets en langue étrangère. Onze fois sur douze, quand après son départ, je viens voir s'il a bu son thé, je retrouve le couvercle sur la tasse, et les feuilles flottant à leur gré dans le pâle liquide. Il n'aime que ses livres.

J'ai réfléchi à tout ce que ma mère m'a enseigné pour plaire à mon mari. Je lui ai cuisiné des mets savoureux pour séduire son palais. J'ai envoyé un serviteur acheter un poulet qu'on venait de tuer, des pousses de bambou de Hang-tcheou, des poissons mandarins, du gingembre, de la cassonade et de la sauce de fèves. Toute la matinée, j'ai préparé les plats, n'oubliant rien de ce qui doit augmenter à la fois la richesse et la finesse de leur saveur. Lorsque j'eus terminé, je donnai ordre de ne les apporter qu'au dernier service, en sorte qu'il s'écrie : « Ah ! Le meilleur a été gardé pour la fin ; ce sont des mets d'empereur ! »

Mais quand on les présenta, il les prit tout naturellement, croyant qu'ils faisaient partie de l'ordinaire. Il y goûta à peine, sans aucun commentaire. Je le guettais anxieusement, mais il mangeait en silence ses tiges de bambou, comme s'il s'agissait de choux pris dans un jardin de fermier.

Cette nuit-là, après que le choc de la déception fut passé,

je pensai : « C'est parce que ce n'est pas son mets préféré. Puisqu'il ne me dit pas ses goûts, je vais faire demander à sa mère ce qu'il aimait dans sa jeunesse. »

J'envoyai donc un serviteur, et sa mère répondit :

— Avant qu'il ne traversât les Quatre Mers, il aimait la chair de canard rôtie, bien dorée et trempée dans de la gelée d'azerole sauvage. Mais depuis toutes ces années passées à manger la nourriture barbare et à moitié crue des Occidentaux, il a perdu le goût, et ne tient plus à la nourriture raffinée.

Je ne cherchais donc plus. Mon mari ne désire rien de moi. Il n'a besoin de rien que je puisse lui donner.

Un soir, quinze jours après notre arrivée dans la nouvelle maison, nous étions ensemble, dans le salon. Il lisait un de ses grands livres lorsque j'entrai et, allant à ma place, je vis sur la page ouverte l'image d'une forme humaine debout, mais, chose horrible, sans peau — seulement la chair sanglante ! J'en fus révoltée, m'étonnant qu'il pût lire semblable littérature, cependant je n'osai pas le questionner.

J'étais là, assise dans un de ces curieux fauteuils de jonc, sans m'appuyer au dossier, car se laisser aller ainsi en public eût été un manque de dignité. J'avais la nostalgie de la maison de ma mère. Je me souvenais qu'à cette même heure, on s'y réunissait pour souper à la lueur des bougies avec les concubines et leurs bruyants enfants. Ma mère est à sa place, en haut de la table, et les servantes, sous sa direction, disposent les bols de légumes et de riz fumant, éparpillant les baguettes pour tout le monde.

On est occupé à manger. On se sent heureux.

Mon père viendra, après le repas, jouer avec les enfants des concubines, puis, le travail fini, les servantes s'assoiront dans la cour, sur de petits tabourets, et bavarderont dans la pénombre. Ma mère, à la table, fait ses comptes avec la cuisinière en chef ; une haute chandelle rouge lance sur elle ses lueurs intermittentes.

Oh ! j'étais malade du désir d'être là-bas ! Je me promènerais au milieu des fleurs. J'examinerais les capsules de lotus, pour voir si les graines sont mûres à l'intérieur ; c'est la saison, car l'été tire à sa fin. Peut-être qu'au lever de la lune, ma mère me prierait d'aller chercher ma harpe, et de lui jouer les airs qu'elle aime. La main droite module le chant et la gauche se laisse aller, accompagne en mineur.

A cette pensée, je me levai pour prendre l'instrument. Je le sortis soigneusement de sa gaine de laque rouge sur laquelle les images des huit esprits de la musique sont incrustées en nacre. A l'intérieur, sur la harpe elle-même, divers bois, ajustés, ajoutent leur propre richesse de ton à la résonance des cordes, lorsqu'on les caresse. La harpe et son étui ont appartenu à la mère de mon père. Elle les tenait de son père à elle, qui les lui avait apportés de Kouang-tong pour la récompenser de ne plus pleurer lorsqu'on lui bandait les pieds.

Je touchai doucement les cordes. Elles rendirent un son menu et mélancolique. Cette harpe est l'ancienne harpe des miens, elle doit être jouée sous les arbres, au clair de lune, près des eaux tranquilles. Elle donne alors un chant doux et féerique. Mais dans cette pièce silencieuse, si peu familière, il est étouffé et faible. J'hésitai, puis jouai un petit air de l'époque de Sung.

Mon mari leva la tête.

— C'est charmant, fit-il aimablement. Je suis heureux que vous sachiez jouer. Je vous achèterai un piano un de ces jours et vous pourrez aussi apprendre la musique de l'Ouest.

Puis il se remit à sa lecture.

Je le regardais lisant son horrible livre, et je continuais à toucher les cordes, très doucement, sans savoir ce qu'elles chantaient. Je n'avais même jamais vu de piano. Que ferais-je de cet objet étranger ? Puis, brusquement, il me fut impossible de continuer. Je rangeai la harpe et demeurai assise, la tête penchée et les mains oisives.

Après un long silence, mon mari ferma son livre et me regarda attentivement.

— Kwei-lan, dit-il.

Mon cœur bondit, c'était la première fois qu'il m'appelait par mon nom. Qu'avait-il à me dire, enfin ? Je levai timidement les yeux vers lui. Il continua :

— Depuis notre mariage, je veux vous demander si vous ne voudriez pas débander vos pieds. C'est malsain pour votre corps entier. Voyez, vos os sont comme ceci.

Il prit un crayon et dessina rapidement un affreux pied nu, tout ratatiné, sur une feuille de son livre.

Comment savait-il ? Je n'avais jamais bandé mes pieds devant lui. Nous autres, femmes chinoises, ne les montrons jamais. Même la nuit, nous portons des chaussettes de toile blanche.

— Comment savez-vous ? lui demandai-je, haletante.

— Parce que je suis un docteur qui a fait ses études en Occident, répondit-il. Aussi je désire que vous débandiez vos pieds, car ce n'est pas beau, et puis c'est passé de mode. Cela ne vous touche-t-il pas ?

Il sourit légèrement et me regarda avec bienveillance. Mais je retirai hâtivement mes pieds sous mon fauteuil. J'étais saisie par ses paroles. Pas beau ? Moi qui avais toujours été si fière de mes petits pieds ! Toute mon enfance, ma mère elle-même avait présidé aux bains d'eau chaude et à l'enveloppement des bandes—de plus en plus serrées—chaque soir. Quand je pleurais, dans ma souffrance, elle me priait de songer au jour où mon mari louerait la beauté de mes pieds.

Je baissai la tête pour cacher mes larmes. Je me rappelais toutes ces nuits agitées, ces journées pendant lesquelles je ne voulais ni manger ni jouer, et où je restais assise sur le bord de mon lit en balançant mes pauvres pieds pour alléger la pression du sang. Et maintenant, après avoir tout supporté jusqu'à ce que la douleur cesse—depuis à peine un an — apprendre qu'il les trouvait laids !

— Je ne peux pas, dis-je.

J'étranglai un sanglot en me levant, et je dus sortir du salon, incapable de retenir mes larmes.

Ce n'était pas que je tinsse à mes pieds d'une manière exagérée, mais si mes pieds, revêtus de leurs souliers habilement brodés, ne trouvaient pas grâce devant ses yeux, comment, moi, pourrais-je jamais espérer gagner son amour ?

Deux semaines plus tard, je partais faire ma première visite à la maison de ma mère, selon notre coutume chinoise. Mon mari ne m'avait pas reparlé de débander mes pieds. Il ne m'avait pas non plus appelée par mon nom.

5

Vous ne vous lassez pas, ma sœur ? Je poursuivrai donc.

J'avais été bien peu de temps absente, mais en traversant le portail connu, il me sembla qu'une centaine de lunes avaient dû décroître depuis le jour où j'en étais sortie dans mon palanquin de noces. J'étais remplie d'espoir alors, en même temps que de crainte. J'avais beau revenir aujourd'hui en femme mariée, avec mes cheveux enroulés en coques à la place de ma tresse, et mon front dépouillé de sa frange virginale, je savais bien que j'étais toujours la même jeune fille, seulement plus craintive, plus solitaire, et bien moins confiante.

Ma mère vint à ma rencontre, dans la première cour, appuyée sur sa longue pipe de bambou et d'argent. Elle me parut fatiguée, usée, sans doute parce que je ne la voyais pas journellement. En tout cas, l'accent d'une plus grande tristesse dans son regard m'attira vers elle ; si bien qu'après m'être inclinée, j'osai lui prendre la main. Elle répondit par une légère pression et, ensemble, nous passâmes dans la cour familiale.

Oh ! avec quelle avidité je contemplais tout ! Il me semblait devoir trouver un grand changement. Mais, dans les coins, les choses étaient restées bien naturellement elles-mêmes, ordonnées, paisibles et comme de coutume, à part les rires des enfants des concubines et l'empressement des servantes affairées qui, dès qu'elles me virent, me saluèrent par des sourires et des exclamations. Le soleil d'un début d'automne ruisselait le long des murs fleuris et des carreaux vernis, et brillait sur les arbustes et les pièces d'eau. Les portes et les fenêtres à treillis des salles, largement ouvertes au midi, laissaient pénétrer la chaleur et la lumière.

Les rayons filtrant au travers effleuraient, à l'intérieur, les sculptures et les poutrelles peintes. J'avais beau savoir que ma place n'était plus là, mon âme se reposait, malgré tout, dans sa véritable demeure.

Une seule chose me manquait, un joli visage mutin.

— Où est donc la Quatrième Épouse ? demandai-je.

Ma mère appela une servante et se fit remplir sa pipe, elle me répondit ensuite d'un ton indifférent :

— La-may ? Ah ! je l'ai envoyée en visite, à la campagne, pour changer d'air.

D'après le ton de ma mère, je compris que je ne devais pas l'interroger davantage. Mais plus tard, le soir, lorsque je me préparai à dormir dans la chambre de mon enfance, la vieille Wang Da-ma vint me brosser et me tresser les cheveux, selon son ancienne coutume. Elle bavarda sur bien des choses et me raconta que mon père songeait à prendre une nouvelle concubine, une fille de Pékin, élevée au Japon. La Quatrième Épouse, en l'apprenant, avait avalé ses plus beaux pendants d'oreilles en jade. Elle n'en dit rien pendant deux jours, malgré ses souffrances, mais ma mère découvrit la chose.

La jeune femme était à la mort et le vieux docteur qu'on appela eut beau lui percer avec des aiguilles les poignets et les chevilles, il n'obtint aucun résultat. Un voisin suggéra de l'envoyer à l'hôpital étranger, mais ma mère ne considéra pas la chose comme possible. Nous ne connaissons rien des étrangers. Et puis, comment pourraient-ils se rendre compte de ce qui ne va pas chez une Chinoise ? Les médecins étrangers comprennent les maladies des leurs, qui sont des gens tout à fait simples et barbares en comparaison des Chinois, extrêmement compliqués et cultivés. Cependant mon frère, qui se trouvait alors à la maison pour la fête de la huitième lune, appela lui-même une doctoresse étrangère.

Elle apporta un instrument bizarre auquel était attaché un long tube qu'elle enfonça dans la gorge de la Quatrième Épouse. Aussitôt, les boucles d'oreilles remontèrent. Tout le monde fut très surpris, sauf l'étrangère, qui emballa son instrument avec calme et partit.

Les autres concubines étaient furieuses contre la Quatrième Épouse parce qu'elle avait avalé de si beaux jades. La grosse concubine lui demanda :

— N'auriez-vous pas pu manger une boîte d'allumettes qu'on se procure pour dix petites pièces ?

La Quatrième Épouse n'eut rien à répondre à cela. Il paraît que pendant sa convalescence, personne ne la vit manger ni ne l'entendit parler. Elle resta couchée sur son lit avec les rideaux fermés. Elle avait perdu beaucoup d'assurance depuis l'échec de sa tentative. Ma mère, qui la plaignait, la renvoya, afin qu'elle pût échapper aux sarcasmes des femmes.

Mais des faits de ce genre, vulgaires commérages, auraient été déplacés comme sujets de conversation avec ma mère. C'est seulement à cause de mon grand amour pour la maison que je cherchais à connaître les détails de ce qui s'y passait, en écoutant le bavardage de Wang Da-ma. Elle était restée si longtemps avec nous qu'elle était au courant de toutes nos affaires. Elle avait suivi ma mère, lorsqu'elle quitta sa demeure lointaine de Shansi pour épouser mon père, et ce fut elle qui reçut dans ses bras les enfants de ma mère, à leur naissance. Quand ma mère mourra, Wang Da-ma ira chez la femme de mon frère, élever les petits-fils de ma mère.

Au milieu de tout ce que j'entendis, une seule chose semblait importante : mon frère avait décidé d'aller poursuivre ses études en Amérique. Ma mère ne m'en dit rien, mais Wang Da-ma, en m'apportant l'eau chaude le premier matin de mon arrivée, me raconta tout bas que mon père s'était moqué des nouvelles idées de son fils, puis avait fini par consentir à son départ, parce que cela devenait la mode d'envoyer ses fils étudier à l'étranger et que ses amis le faisaient. Ma mère en fut très affligée quand elle l'apprit. Plus affligée qu'elle ne l'avait jamais été dans sa vie, me dit Wang Da-ma, sauf le jour où mon père avait pris sa première concubine. Lorsque ma mère sut que mon frère allait réellement partir, elle refusa toute nourriture pendant trois jours, et ne parla à personne. Enfin, voyant que rien ne l'empêcherait de traverser la mer Pacifique, elle le supplia d'épouser sa fiancée pour qu'elle pût porter un fils. Ma mère dit :

— Puisque tu refuses de comprendre que ta chair et ton sang n'appartiennent pas à toi seul, puisque tu restes opiniâtre et insouciant et que tu cours vers les dangers de ce pays barbare, sans considérer ton devoir, au moins transmets à un autre la lignée sacrée de tes ancêtres, de sorte que si tu meurs, ô mon fils !, je puisse du moins contempler mon petit-fils.

Mais mon frère répondit :

— Je ne désire pas me marier. Je veux seulement étudier davantage les sciences, et apprendre tout ce qui s'y rapporte. Rien ne m'arrivera, ma mère. On verra à mon retour, mais pas maintenant, pas maintenant.

Alors ma mère envoya des messagers à mon père, le poussant à forcer son fils à se marier. Mais mon père, absorbé par ses arrangements au sujet de la nouvelle concubine, ne s'en souciait guère, et mon frère eut gain de cause.

Je sympathisais avec ma mère. Mon frère représente la dernière génération de la descendance de mon père puisque mon grand-père n'a pas laissé d'autres fils que mon père, et que les autres fils de ma mère moururent aussi en bas âge.

Il est donc indispensable que mon frère ait un héritier le plus tôt possible, pour permettre à ma mère de remplir son devoir envers ses ancêtres. C'est pour cela qu'on fiança mon frère, dès son enfance, avec la fille de Li. Je ne l'ai jamais vue. Il est vrai, dit-on, qu'elle n'est pas belle. Mais c'est de peu d'importance en comparaison des désirs de notre mère.

Pendant plusieurs jours, je me sentis troublée par cette désobéissance de mon frère, à cause de ma mère. Elle ne m'en parla jamais. Elle enterra ce chagrin, comme les autres, dans les recoins invisibles de son âme. De tout temps, elle a ainsi scellé les lèvres sur les souffrances qu'elle jugeait inévitables. C'est pourquoi, entourée des visages et des murs familiers, habituée aux silences de ma mère, j'en vins peu à peu à ne plus songer à mon frère.

Bien entendu, la première pensée que je lus dans tous les yeux était celle que j'attendais et redoutais : quels étaient mes espoirs d'un fils ? Chacun me posa la question, mais j'éludai les réponses, acceptant simplement, avec une grave inclinaison de tête, les bons vœux qu'on m'offrait. Personne ne saurait que mon mari ne m'aimait pas, personne. Cependant je ne pus tromper ma mère !

Un soir, sept jours après mon arrivée, j'étais paresseusement assise dans la pénombre, sur le seuil de la grande cour. Les esclaves et les servantes s'agitaient, occupées au souper. Des odeurs de poisson rôti et de canard brun parfumaient l'air.

Le crépuscule touchait à sa fin et, près de moi, les chrysanthèmes étaient lourds de promesses. Je sentais si chaudement, au-dedans de mon cœur, l'amour de ma maison, que je posai la main sur la sculpture du panneau de la porte ; je l'aimais elle aussi, je m'en souviens, je me sentais à l'abri, là où mon enfance s'était écoulée si doucement qu'elle passa sans que je ne m'en sois doutée. Tout m'était si cher : l'obscurité tombant sur les toits recourbés, les chandelles qui commençaient à luire dans les chambres, l'odeur épicée de la nourriture, les voix des enfants, et le son assourdi de leurs chaussons d'étoffe sur les carreaux. Ah ! je suis la fille d'une vieille maison chinoise avec ses vieilles coutumes, ses vieux meubles, ses vieux amis à toute épreuve, si sûrs ; je vais vivre ici.

Je songeai à mon mari. A ce même moment, seul à sa table, dans la maison étrangère, vêtu de son costume occidental, il me paraissait tellement éloigné de moi, à tous points de vue : comment m'adapter à sa vie ? Il n'a aucun besoin de moi. Ma gorge était serrée des pleurs que je ne pouvais pas verser. Je me sentais si solitaire, bien plus que je ne l'avais été jeune fille. Je vous le disais, ma sœur, alors, j'espérais en l'avenir. Maintenant l'avenir est là. Il ne contient qu'amertume. Mes larmes se frayèrent un chemin malgré ma volonté. Je détournai la tête du côté du crépuscule de crainte que la lumière des chandelles, venant à tomber sur mes joues, ne me trahît. Le gong sonna et on m'appela pour le repas. J'essuyai furtivement mes yeux et me glissai à ma place.

Ma mère se retira de bonne heure dans sa chambre et les concubines rentrèrent chez elles. Je buvais mon thé, toute seule, lorsque Wang Da-ma surgit.

— Votre honorable mère ordonne votre présence, fit-elle.

Je m'étonnai.

— Mais ma mère m'a déjà dit qu'elle voulait se retirer et n'a pas ajouté qu'elle désirait me parler ensuite.

— Cependant elle l'ordonne, je sors de sa chambre, répéta Wang Da-ma.

Et elle s'en alla sans plus d'explications.

Lorsque ses pas se furent éloignés dans la cour, j'écartai la portière de satin et entrai dans la chambre de ma mère. A ma grande surprise, elle était couchée sur son lit, et une seule haute chandelle allumée brûlait sur la table à côté d'elle. Jamais, de toute ma vie, je ne l'avais vue reposer ainsi. Elle paraissait excessivement fragile et lasse. Ses yeux étaient fermés et ses lèvres pâles et tirées. Je m'approchai sans bruit de son lit, et attendis. Son visage était absolument décoloré — un visage grave, délicat, et très triste.

— Ma mère, fis-je, doucement.

— Mon enfant, répondit-elle.

J'hésitai, ne sachant si elle préférait que je fusse assise ou debout. Elle étendit alors sa main, et me fit signe de me mettre sur le lit à côté d'elle. J'obéis, et attendis en silence qu'elle voulût bien parler. Je pensais en moi-même : « Elle a du chagrin à cause de mon frère, qui se trouve dans les contrées lointaines. »

Mais ce n'était pas à lui qu'elle songeait. Elle tourna légèrement son visage vers moi et me dit :

— Je m'aperçois que tout ne va pas parfaitement pour toi, ma fille. Depuis ton retour, j'ai remarqué que tu n'es plus dans ton état habituel de tranquille contentement. Ton esprit est inquiet, et les larmes te viennent trop facilement aux yeux. C'est comme si quelque chagrin restait lié à tes pensées sans que tes lèvres le mentionnent. Qu'y a-t-il ? Serait-ce parce que tu n'es pas encore enceinte ? Prends patience. Je n'ai donné un fils à ton père qu'au bout de deux ans.

Je ne savais pas comment lui expliquer. Un fil de soie s'était détaché du rideau brodé du baldaquin, et je le roulais entre mes doigts, comme en moi-même je tordais mes pensées.

— Parle, me dit enfin ma mère assez sévèrement.

Je la regardai. Oh ! les stupides larmes ! Elles m'empêchaient de prononcer un mot, elles montaient, elles m'étouffaient ! Je croyais qu'il ne me resterait pas assez de souffle pour vivre. Puis elles éclatèrent en un dur sanglot, et je m'enfonçai dans la courtepointe qui recouvrait ma mère.

— Oh ! j'ignore ce qu'il veut dire ! criai-je. Il prétend que je dois être son égale, et je n'en sais pas le moyen ! Il déteste mes pieds et trouve qu'ils sont laids. Il en dessine de telles images ! Mais je me demande comment il peut les connaître, car je ne les lui ai jamais, jamais laissé voir !

Ma mère se redressa.

— Son égale, fit-elle stupéfaite, les yeux agrandis dans son visage pâle. Que veut-il dire ? Tu ne peux pas être pourtant l'égale de ton mari ?

— Une femme l'est en Occident, sanglotai-je.

— Oui, mais ici, nous sommes des gens de compréhension. Et tes pieds ? Pourquoi les dessine-t-il ? Que veut-il dire ?

— Pour me prouver qu'ils sont laids, murmurai-je.

— Tes pieds ? Mais tu as dû sûrement être négligente, je t'avais donné vingt paires de souliers. Tu n'as donc pas choisi sagement ?

— Il ne dessine pas l'extérieur, mais les os, tout crochus.

— Des os ! Qui a vu les os dans le pied d'une femme ? Des yeux d'homme peuvent-ils percer la chair ?

— Les siens, oui, car il est docteur d'Occident. Il me l'a dit.

— Aï-ya, ma pauvre enfant. (Ma mère se recoucha en soupirant, elle secoua la tête :) S'il connaît la magie d'Occident...

Et je me pris à raconter tout — tout jusqu'à ce que j'en vienne à murmurer ces mots amers :

— Il ne tient même pas à ce que nous ayons un fils. Oh ! ma mère ! Il ne m'aime pas. Je suis encore fille !

Il y eut un long silence et j'enfouis de nouveau mon visage dans le couvre-pieds. Je crois que je sentis la main de ma mère se poser légèrement sur ma tête, et y demeurer un instant. Je n'en suis pas certaine ; elle n'était pas de celles qui aiment les signes extérieurs. Mais, à la fin, elle s'assit et se mit à parler :

— Je ne crois pas avoir commis d'erreur dans la manière dont tu as été élevée. Je suis certaine que tu plairais à un véritable gentilhomme chinois. Serait-il possible que tu aies épousé un barbare ? Cependant ton mari est de la famille de Kung. Qui l'aurait supposé ? Cela vient de ces années passées à l'étranger. J'ai demandé dans mes prières de pouvoir contempler ton frère mort plutôt que de le voir partir vers ces contrées lointaines.

Elle ferma les yeux et s'appuya en arrière, son mince visage devint plus aigu.

Lorsqu'elle reprit, sa voix était haute et faible, comme si elle était à bout de forces.

— Malgré tout, mon enfant, il n'existe qu'un sentier, qu'une femme en ce monde doit suivre coûte que coûte. Il lui faut plaire à son mari. Voir détruire le résultat de mes soins est plus que je n'en puis supporter. Mais tu n'appartiens pas à ma famille, tu appartiens à ton mari. Il ne te reste d'autre choix que de faire ce qu'il désire. Cependant, attends. Essaie encore de le séduire, mets en avant tes plus grands efforts. Pare-toi de vert jade et de noir. Emploie le parfum des nénuphars. Souris, non pas hardiment, mais avec cette timidité qui promet tout. Tu peux même lui toucher la main, t'y accrocher un instant. Lorsque tu le vois rire, sois gaie. Si après cela, il demeure impassible, tu n'auras plus qu'à t'incliner devant sa volonté.

— Débander mes pieds ? murmurai-je.

Ma mère garda le silence un instant, puis :

— Débande tes pieds, dit-elle avec lassitude. Les temps sont changés. Tu peux te retirer.

Et elle tourna son visage du côté du mur.

6

Comment vous parlerai-je, ma sœur, de mon âme si lourde ?

L'aube de mon départ se leva, grise et tranquille. C'était à l'approche de la dixième lune, lorsque les feuilles rousses se mettent à tomber silencieusement à terre, et qu'au lever comme au coucher du soleil, les bambous frissonnent à la fraîcheur. Je me promenais dans les cours m'attardant aux endroits que j'avais toujours préférés, laissant leur beauté se fixer de nouveau, et d'une manière plus forte, sur mon souvenir. Debout près de la pièce d'eau, j'écoutais crépiter au vent faible les capsules mortes et les feuilles sèches des lotus. Je m'assis une heure entière sous le genévrier noueux qui pousse depuis trois siècles dans la rocaille de la troisième cour. Dans celle qui est auprès du grand portique, je cueillis une branche de bambou sacré, me réjouissant de ses baies qui pendent, d'un incarnat si vif, contre le vert foncé des feuilles. Je voulus emporter avec moi un peu de la beauté de ces jardins et je choisis huit pots de chrysanthèmes. Ils étaient à leur point de perfection et je pensais que leurs tons, rouge, or et pourpre un peu pâle, corrigeraient la nudité de la maison. C'est ainsi que je revins à mon mari.

Il n'était pas chez lui lorsque j'entrai dans le petit vestibule. La servante m'apprit qu'on l'avait appelé au lever du soleil pour un cas urgent. Elle ne savait où. Je disposai les chrysanthèmes dans le salon avec le plus grand soin. Je cherchai la meilleure manière de les placer, voulant lui faire une surprise. Mais lorsque j'eus tout installé, aussi bien que possible, je fus déçue. Autant les plantes, dans la vieille cour, brillaient, splendides, contre les boiseries noires et sculptées des couloirs, autant ici, devant les murs blanchis et les peintures jaunes, elles perdaient leur éclat, devenaient simplement jolies, prenaient un air artificiel.

Hélas ! il en était ainsi de moi ! Je mis les pantalons et la casaque de satin jade avec le petit paletot de velours noir sans manches. J'ornai mes cheveux de jade et d'onyx, et suspendis du jade à mes oreilles. Je chaussai des souliers noirs, en velours, finement brodés de minuscules perles d'or. J'avais appris de La-may, Quatrième Épouse, chez ma mère, la séduction des joues pâles accompagnées d'une pointe de vermillon sur la lèvre inférieure, et le sortilège des paumes rosées et parfumées. Je ne négligeai rien pour cette première soirée avec mon mari, je vis que j'étais belle.

Lorsque je fus prête, je m'assis en attendant le bruit de son pas sur le seuil. Si j'avais pu écarter une portière de satin écarlate, et paraître devant lui à la lumière subtile d'une vieille salle chinoise, j'aurais peut-être réussi. Mais je devais descendre, d'un pas incertain, des escaliers qui craquaient et puis le rejoindre dans ce salon ! Il n'y aurait là rien qui pût me venir en aide. Je serais comme les chrysanthèmes — gentille seulement.

Quant à mon mari, il rentra tard, l'air très fatigué. A la longue, moi j'avais perdu ma fraîcheur et, s'il m'accueillit aimablement, ses yeux ne s'appesantirent guère sur ma personne. Il se borna à faire hâter la servante pour le souper, car il n'avait rien pris depuis le matin, occupé tout le jour auprès d'une malade.

Nous mangeâmes en silence. Mes stupides larmes m'empêchaient d'avaler, et lui, après s'être hâté de finir son riz, fronça le sourcil devant sa tasse de thé, en poussant un soupir de temps à autre. Enfin, il se leva d'un air las et dit :

— Passons au salon.

Une fois assis, il s'informa de mes parents par acquit de conscience. Il fit si peu attention à mes réponses que je me troublai dans mes tentatives de l'intéresser, et finis par me taire. C'est à peine s'il s'aperçut tout d'abord que je ne disais plus rien, ensuite il se ressaisit et m'expliqua avec bonté :

— Je vous prie de ne pas faire attention à moi. Je suis vraiment heureux que vous soyez de retour. Mais j'ai lutté toute la journée contre la superstition et une extrême stupidité et j'ai perdu la partie. Je ne peux pas penser à autre chose. Je me demande sans cesse : ai-je fait mon possible ? Y avait-il un argument dont j'ai omis de me servir, et qui aurait pu sauver cette vie ? Mais je crois — je suis certain — d'avoir tout tenté, et pourtant j'ai perdu ! Vous vous souvenez de la famille de Lu près de la tour du Tambour. La Deuxième Épouse a essayé de se suicider aujourd'hui, en se pendant. Il paraît qu'elle ne pouvait plus supporter la langue vipérine de sa belle-mère. On m'appela et, vous m'entendez bien, j'aurais pu la sauver. Elle venait, à l'instant même où on la trouva, de lâcher la corde. Je préparai tout de suite les remèdes. Un vieil oncle âgé arriva alors — un marchand de vin. Le vieux Yu est mort, vous savez, et c'est le marchand qui est chef de famille à présent. Il entra, tempêta, furieux, voulant qu'on employât les anciennes méthodes. Il fit chercher les prêtres et sonner les gongs pour rappeler l'âme de la femme. La famille se réunit et plaça la pauvre fille inconsciente — elle n'a pas vingt ans — à genoux sur le sol, puis délibérément on remplit son nez et sa bouche d'ouate et de toile, et on lui attacha un linge autour du visage !

— Mais... mais, dis-je, c'est la coutume, c'est ce qu'on fait toujours. Une si grande partie de l'âme s'est déjà échappée, voyez-vous, qu'il faut boucher les orifices pour retenir le reste.

Il marchait dans la pièce, cherchant à calmer son agitation. A ces mots, il s'arrêta net, en face de moi, les lèvres serrées, je pouvais entendre sa respiration rapide. Il me regarda d'un air farouche.

— Comment, s'écria-t-il, vous aussi ?

Je reculai.

— Est-elle morte ? murmurai-je.

— Morte ! Est-ce que vous pourriez vivre si je faisais cela assez longtemps ?...

Il saisit mes deux mains dans l'une des siennes et mit son mouchoir rudement sur ma bouche et mon nez. Je me tordais pour me dégager et arracher le mouchoir. Il eut un rire aussi dur qu'un jappement de chien, ensuite, il s'assit et enfonça sa tête dans ses mains. Un silence tomba sur nous, lourd comme une souffrance. Il n'avait même pas vu les chrysanthèmes que j'avais arrangés dans la pièce avec tant de soin !

Je le regardais, ahurie et un peu effrayée. Se pourrait-il qu'il eût raison après tout ?

Ce soir-là, je déposai tristement les ornements de jade dans leur cassette d'argent et rangeai mes vêtements de satin. On m'avait tout appris de travers. Je commençais à m'en apercevoir. Mon mari n'était pas un de ces hommes pour qui la femme en appelle aux sens aussi nettement qu'une fleur parfumée ou une pipe d'opium. Le raffinement de la beauté du corps ne lui suffit pas. Il faut que je m'efforce de lui plaire par d'autres moyens. Je me souvenais de ma mère, le visage tourné au mur et qui disait, de sa voix lasse : « Les temps sont changés. »

Malgré tout, je ne pouvais pas facilement me décider à débander mes pieds. Ce fut en réalité Mme Liu qui m'y aida. Elle était femme d'un professeur dans une nouvelle école étrangère. J'avais entendu mon mari parler de Mme Liu comme d'une amie. Elle me fit dire, le lendemain de mon retour, que si cela m'était agréable, elle viendrait me voir le jour suivant.

Je fis de grands préparatifs, car c'était la première visite que je recevais. Je chargeai la servante d'acheter six différentes sortes de gâteaux, des graines de pastèque, des gaufrettes de sésame, et le meilleur thé d'Avant-les-Pluies. Je me vêtis de satin rose abricot et mis des perles à mes oreilles. Au fond, j'avais honte de ma maison. Je craignais que Mme Liu ne la trouvât laide et s'étonnât de mon goût. J'espérais au moins que, mon mari absent, je pourrais placer la table et les sièges d'une manière plus conventionnelle, et marquer aussi bien nettement la place d'honneur.

Mais pour une fois, il resta à la maison. Il lisait et lorsque, un peu nerveuse, je fis mon entrée, il me regarda en souriant. J'avais projeté de me trouver assise à l'arrivée de ma visiteuse. La servante l'introduirait, je me lèverais et lui indiquerais, en m'inclinant, la meilleure place. Mon mari demeurant dans la pièce, je n'eus pas l'occasion d'arranger les meubles, et quand on sonna, c'est lui-même qui alla ouvrir ! J'étais très contrariée et me tordais les mains en me demandant ce que je devais faire. J'entendis alors une voix joyeuse et ne pus me retenir de lancer un coup d'œil dans le vestibule. Je vis une chose bien bizarre. Mon mari s'était emparé de la main de la jeune femme, et la secouait de haut en bas, très drôlement. J'étais abasourdie.

Soudain, je ne songeai pas plus à mon étonnement qu'à ma visiteuse, car j'avais vu sa figure à lui. Oh ! mon mari, jamais ton visage n'a revêtu cette expression pour moi, ta femme ! C'était comme s'il venait enfin de trouver une amie.

Ah ! si vous aviez été là, ma sœur, vous m'auriez dirigée. J'étais toute seule. Je n'avais pas d'amie, moi. Je ne pouvais que réfléchir, pleurer en moi-même et chercher ce qui me manquait pour lui plaire.

Tout le temps qu'elle fut là, je l'étudiai minutieusement, me demandant si elle était belle. Mais non, même pas jolie : une figure large et rouge, pleine de bonne humeur, des yeux aimables, plissés par le sourire, mais ronds et brillants, semblables à des perles de verre. Elle portait un paletot de drap gris uni, sur une jupe de soie noire, sans fleurs, et ses pieds étaient chaussés comme ceux d'un homme. Toutefois, elle avait une voix agréable, la parole rapide et aisée, un rire chaud et prompt. Elle causa beaucoup avec mon mari, et j'écoutais en baissant la tête.

Il s'agissait entre eux de choses dont je n'avais jamais eu connaissance. Des mots étrangers circulaient dans leur conversation. Je ne comprenais rien, sinon le plaisir que je lisais dans les yeux de mon mari.

Ce soir-là, après le souper, je demeurai silencieuse auprès de lui.

Mon esprit revenait sans cesse à l'expression qu'il avait eue pendant cette visite. Jamais je ne lui avais vu un visage éclairé de la sorte, et si vivant. Ses mots se précipitaient ; debout devant elle, il les déversait, et il resta tout le temps dans la pièce, comme si elle eût été un homme.

Je quittai ma place, et vins près de lui.

— Eh bien ? me dit-il, en levant les yeux de dessus son livre.

— Parlez-moi de la dame qui est venue aujourd'hui, demandai-je.

Il s'appuya à son dossier et me regarda d'un air réfléchi.

— Que puis-je vous en dire ? Elle est diplômée d'un grand collège féminin d'Occident, appelé Vassar. Elle est intelligente et intéressante comme on aime qu'une femme le soit. De plus, elle a trois superbes garçons éveillés, propres, bien élevés. Cela me fait du bien de les voir.

Oh ! Je la hais. Je la hais ! Que puis-je inventer ? N'y a-t-il donc qu'un chemin pour atteindre son cœur ? — Elle n'est même pas jolie du tout !

— La trouvez-vous jolie ? fis-je tout bas.

— Mais oui, répondit-il hardiment. Elle est bien portante, raisonnable, et marche sur des pieds sains et solides.

Il regardait dans le vague. Je réfléchis désespérément quelques minutes : « Il n'existe qu'un sentier pour une femme ! » Comment pourrais-je... mais ma mère avait dit aussi : « On doit plaire à son mari. »

Il restait les yeux pensifs, fixés à travers la pièce. J'ignorais ce qu'il avait dans l'esprit, mais j'étais sûre d'une chose : j'avais beau être en satin couleur pêche, avec des cheveux lisses, noirs et brillants, arrangés adroitement en coques, et me tenir à ses côtés, si près de son épaule que le moindre mouvement de son corps eût amené sa main contre la mienne, il ne songeait pas à moi.

Alors je penchai la tête un peu plus bas et m'en remis à lui, renonçant à mon passé :

— Si vous voulez m'en indiquer le moyen, je débanderai mes pieds.

7

En regardant en arrière, je vois bien que c'est à partir de ce soir-là que mon mari commença à s'intéresser à moi. Jusqu'ici, nous semblions n'avoir rien à nous dire. Nos pensées ne se rencontraient jamais. Je me bornais à l'observer, m'étonnant sans comprendre. Lui ne me regardait pas du tout. Nous nous adressions la parole, comme deux étrangers courtois, moi timidement, lui avec une politesse choisie qui m'ignorait. Mais à présent que j'avais besoin de lui, il s'aperçut enfin de ma présence ; il me questionna et s'intéressa à mes réponses. Quant à moi, l'amour qui tremblait dans mon cœur s'affermit, et devint de l'adoration. Je n'aurais jamais songé qu'un homme pût se pencher si tendrement sur une femme.

Lorsque je lui demandai la manière de m'y prendre pour débander mes pieds, je m'attendais simplement à quelques conseils, d'après ses connaissances médicales. Je fus stupéfaite, car il alla lui-même chercher une cuvette d'eau chaude et un rouleau de bande blanche. J'avais honte. Je ne pouvais supporter qu'il vît mes pieds. Depuis que j'ai l'âge de m'en occuper moi-même, je les ai toujours tenus cachés. Je me sentis devenir toute brûlante quand il posa la cuvette à terre et s'agenouilla.

— Non, dis-je faiblement, je le ferai moi-même.

— Ça n'a aucune importance, dit-il. Rappelez-vous que je suis médecin.

Je persistai dans mon refus. Il me regarda bien en face.

— Kwei-lan, dit-il gravement, je sais qu'il vous en coûte de faire cela pour moi. Laissez-moi vous aider de tout mon pouvoir. Je suis votre mari.

Je cédai, sans un mot de plus. Il prit mon pied, retira doucement mon soulier, mon bas, et déroula la toile, à l'intérieur. Son expression était triste et sévère.

— Comme vous avez souffert ! dit-il d'une voix basse et émue. Quelle douloureuse enfance ! Et cela pour rien.

Les larmes me vinrent aux yeux à ces mots. Il rendait mes sacrifices inutiles, et en réclamait encore un nouveau !

Car, lorsque mes pieds eurent été baignés et entourés d'une bande plus lâche, la souffrance devint intolérable. En réalité la détente fut aussi pénible que la compression du début. Mes pieds, habitués à être maintenus, s'allongèrent légèrement, et le sang se reprit à circuler.

Dans la journée, par instants, j'arrachais les bandes pour me soulager en les resserrant. Mais à la pensée de mon mari, à l'idée qu'il s'en apercevrait le soir, je les remettais en place d'une main tremblante. Je n'obtenais un peu de répit qu'en m'asseyant sur mes pieds et en me balançant d'un côté et d'autre.

Je ne me tourmentais plus de mon apparence en face de mon mari. Je ne lançais même pas le moindre coup d'œil à la glace, pour voir si je semblais fraîche ou bien arrangée. Le soir, mes yeux étaient gonflés de larmes et ma voix rauque de sanglots impossibles à contenir. Chose étrange, demeuré froid devant ma beauté, mon mari s'émut de ma détresse. Il me consolait comme si j'étais une enfant et je me cramponnais à lui, sans bien savoir, dans ma douleur, à quel soutien je m'adressais.

— Nous supporterons cela ensemble, Kwei-lan, me disait-il. C'est cruel de vous voir tant souffrir. Tâchez de penser qu'il ne s'agit pas seulement de nous, mais des autres : une protestation contre une vieille et mauvaise chose.

— Non, sanglotais-je, je ne le fais que pour vous ; je veux être une femme moderne pour vous.

Il rit et son visage s'éclaira un peu, comme lorsqu'il avait parlé à cette autre femme. Ce fut la récompense de mes souffrances. Par la suite, tout me parut moins dur.

Et, vraiment, à mesure que la chair se vivifiait, je connus une aisance nouvelle. J'étais jeune et mes pieds étaient encore sains. Souvent, chez les femmes âgées, les pieds bandés se mortifient et tombent même, parfois. Mais les miens n'étaient qu'engourdis. Je commençais à marcher plus librement, et les escaliers me semblèrent plus faciles. Mon corps entier se fortifia. Sans y songer, j'entrai un soir, en courant, dans la pièce où mon mari écrivait. Il leva la tête, surpris, et son visage s'éclaira d'un sourire.

— Vous courez ! s'écria-t-il. Oh ! alors, nous avons traversé le plus pénible. L'amertume est bue.

Je regardai mes pieds avec étonnement.

— Mais ils ne sont pas encore aussi grands que ceux de Mme Liu ? dis-je.

— Non, et ils ne le seront jamais, répondit-il. Les siens sont normaux. Les vôtres ont atteint à présent toute la longueur que nous pouvons leur donner.

J'étais un peu attristée à l'idée de ne pas avoir les pieds de Mme Liu ; mais je songeai à un moyen. Puisque mes petits souliers brodés étaient devenus inutilisables, j'irais en acheter de neufs en cuir, comme ceux de Mme Liu. Le lendemain, en effet, j'allai dans un magasin avec une servante, choisir une paire de souliers de la dimension que je désirais. Ils étaient trop longs de deux pouces, mais je bourrai la pointe bien comme il faut, avec de l'ouate. Et quand je fus chaussée, personne n'aurait pu croire que j'avais eu les pieds bandés.

J'étais désireuse de montrer cela à Mme Liu et je demandai à mon mari quand je pourrais lui rendre sa visite.

— J'irai demain avec vous, dit-il.

Je fus surprise qu'il désirât se montrer dans la rue avec moi. Ce n'est certainement pas très bien vu, et cela m'embarrassait beaucoup, mais je commence à m'habituer aux choses bizarres qu'il fait.

Nous y allâmes donc le jour suivant, et mon mari me traita devant elle avec une grande bonté. Il me rendit confuse une ou deux fois ; par exemple, lorsqu'il me fit passer devant lui, en entrant dans la pièce où se tenait Mme Liu. Au retour, il m'expliqua que c'était un usage d'Occident.

— Pourquoi ? demandai-je. Et-ce parce que les hommes là-bas sont inférieurs aux femmes ? Je l'ai entendu dire.

— Non, c'est inexact, me répondit-il.

Ensuite, il m'expliqua. C'est fondé, paraît-il, sur un vieux système de courtoisie qui date de l'Antiquité. Cela m'étonna énormément. J'ignorais qu'il y eût des peuples anciens en dehors de nous, je veux dire des peuples civilisés. Mais il semble que les étrangers aient aussi leur histoire et leur culture. Ils ne sont donc pas absolument barbares.

Mon mari m'a promis de me lire des livres à ce sujet.

Je me sentis heureuse ce soir-là, en me couchant. C'est intéressant de se moderniser. Car non seulement j'avais mis mes souliers de cuir, mais je ne m'étais pas fardée et, sans ornements dans mes cheveux, je ressemblais beaucoup à Mme Liu. Je suis sûre que mon mari l'a remarqué.

Dès que j'eus consenti à ce changement, une vie nouvelle sembla s'ouvrir toute grande devant moi. Mon mari se mit à causer le soir. Je trouvai sa conversation des plus passionnantes. Il sait tout. Oh ! les drôles de choses qu'il m'a dites de ces contrées du dehors et de leurs habitants ! Il a ri quand je me suis écriée :

— Oh ! c'est comique ! Oh ! c'est étrange !

— Pas plus que nous ne le sommes à leurs yeux, fit-il, très amusé.

— Comment ! fis-je, encore plus étonnée, ils nous trouvent bizarres ?

— Bien sûr, me répondit-il, en riant toujours. Vous devriez entendre. Nos vêtements, nos visages, notre nourriture, et tout ce que nous faisons, leur semblent extraordinaires. Il ne leur viendrait pas à l'idée qu'avec cette apparence et ces habitudes, nous puissions être aussi humains qu'eux.

Je n'en revenais pas. Penser qu'ils peuvent considérer si naturels leur drôle d'air, leur accoutrement et leur manière de faire ! Je répondis avec dignité :

— Mais nous avons toujours agi ainsi et conservé nos coutumes et notre même apparence avec nos cheveux et nos yeux noirs...

— Parfaitement ; eux aussi.

— Je croyais qu'ils venaient dans notre pays pour y apprendre la civilisation. Ma mère me l'a dit.

— Elle se trompait. Je m'imagine qu'ils viennent au contraire avec l'intention de nous l'enseigner. Ils trouveraient, il est vrai, beaucoup de choses ici dont ils pourraient profiter, mais ils ne s'en doutent pas plus que vous ne vous figurez ce que nous avons à apprendre d'eux.

Je trouvais tout ce qu'il me disait nouveau et intéressant. Je ne me lassais pas d'entendre parler de ces étrangers et surtout de leurs extraordinaires inventions : la poignée qu'on tourne, et dont il sort de l'eau chaude ou froide ; le fourneau sans combustible, qui donne de la chaleur — ils appellent cela l'eau et la chaleur qui viennent toutes seules —, et puis ces histoires que je trouve inouïes, sur ces machines, dont les unes vont sur la mer et les autres volent dans l'air ou flottent sous l'eau, et tant d'autres merveilles !

— Vous êtes certain que ce n'est pas de la magie ? demandai-je, inquiète. Il est question, dans les vieux livres, de miracles du feu, de la terre et de l'eau, mais ce sont des tours de magie, accomplis par des êtres à demi fées.

— Bien sûr que non, répondit-il. C'est très simple quand on voit comment c'est fabriqué ! C'est la science.

Encore cette science ! Je songeais à mon frère. C'est

pour elle qu'il vit dans ces contrées étrangères, mangeant de leur nourriture, et buvant de leur eau, auxquelles son corps n'a pas été habitué de naissance. Je devins très curieuse de connaître cette science, de voir à quoi elle ressemble. Quand je le dis à mon mari, il éclata de rire.

— Quel enfant vous êtes ! s'écria-t-il, en me taquinant. La science n'est pas un objet que vous pouvez manier ou toucher, ni prendre entre vos doigts pour l'examiner comme un jouet.

Puis, voyant que je ne comprenais rien à ce qu'il me disait, il se dirigea vers sa bibliothèque, en descendit d'autres livres avec des images sur les feuilles, et commença à me raconter bien des choses.

Chaque soir, ensuite, il m'expliqua un peu de cette science. Je ne m'étonnais plus que mon frère en eût été ensorcelé, s'obstinant à traverser la mer Pacifique pour l'étudier, sans égards pour les désirs de sa mère. Moi, cela me ravissait, et je commençai à me sentir merveilleusement savante, si bien que, à la longue, je dus m'en ouvrir à quelqu'un. N'ayant personne autre, je pris notre vieille cuisinière comme confidente.

— Savez-vous, lui dis-je, que la terre est ronde, et que notre grand pays n'est pas au milieu, après tout ? Il n'occupe, avec les autres contrées, qu'une parcelle de terre et d'eau sur la surface du monde.

Elle lavait du riz dans la petite pièce d'eau de la cour de la cuisine. S'arrêtant de secouer son panier, elle me regarda d'un air soupçonneux.

— Qui a dit ça ? demanda-t-elle, loin d'être convaincue.

— Notre maître, dis-je d'un ton décidé. Me croirez-vous à présent ?

Elle doutait encore et répondit :

— Oh ! il en sait très long, mais rien qu'à la regarder on s'aperçoit bien que la terre n'est pas ronde. Pensez donc, si vous grimpez au haut de la pagode, sur la montagne de l'Étoile du Nord, vous voyez des centaines de lieues de monts, de champs, de lacs et de rivières, et à part les montagnes, que personne ne peut appeler rondes, le tout est aussi plat qu'une nappe de bouillie de fèves coagulée. Quant à notre pays, il est au milieu, bien sûr, sans quoi nos anciens, qui savent tout, ne l'auraient pas appelé l'empire du Milieu !

Mais j'avais hâte de poursuivre.

— Il y a autre chose aussi, la terre est si grande qu'il faut toute la durée d'une lune pour atteindre l'autre côté. Quand il fait noir ici, le soleil leur donne de la lumière là-bas.

— A présent, je vois que vous vous trompez, maîtresse, s'écria la servante triomphalement. Si cela prend une lune de jours pour arriver aux autres pays, comment le soleil ferait-il le chemin en une heure, quand ici il lui faut une grande journée pour parcourir le petit trajet entre les montagnes Pourpres et les monts d'Occident ?

Et elle se remit à secouer son panier dans l'eau.

Mais je ne pouvais pas, vraiment, la blâmer de son ignorance, car de toutes les choses curieuses que m'a dites mon mari, la plus surprenante est celle-ci : les peuples occidentaux ont les trois mêmes lumières du ciel que nous — le soleil, la lune et les étoiles —, et j'avais toujours cru que P'an-ku, le dieu créateur, les avait faits pour les Chinois. Mon mari est un sage. Il connaît toutes choses, et ne dit que ce qui est vrai.

8

Comment saurais-je raconter avec des paroles les premières faveurs que m'accorda mon mari ? A quoi ai-je reconnu l'éveil de son cœur ?

Ah ! comment la froide terre sent-elle l'instant où le soleil printanier vient s'emparer de son âme et la faire fleurir ?

A quel signe la mer comprend-elle le puissant appel de la lune ?

J'ignorais la manière dont se passaient mes journées. Je savais seulement que j'avais cessé de me croire solitaire. Là où il était, je me trouvais chez moi, et je ne pensais plus à la maison de ma mère.

En son absence, durant les lentes heures de l'après-midi, je réfléchissais sur chacun des mots prononcés par mon mari. Je revoyais ses yeux, son visage, la courbe de ses lèvres. Je me souvenais du contact fortuit de sa main contre la mienne, lorsqu'il avait tourné la page d'un livre, devant nous, sur la table. Et quand le soir il revenait près de moi, je le regardais à la dérobée, et me repaissais de son aspect, tandis qu'il m'instruisait.

Je songeais à lui nuit et jour. Et de même que la rivière au printemps remplit à pleins bords les canaux desséchés par l'hiver et se répand dans la campagne qu'elle fait revivre et fructifier, de même la pensée de mon seigneur vint combler ma solitude et mon besoin.

Qui peut comprendre cette puissance chez un homme et une jeune fille ? Cela commence par hasard : une rencontre des yeux, un regard timide qui s'attarde, et qui, brusquement, s'enflamme, devient fixe et brûlant. Les doigts se touchent et se retirent hâtivement, puis les cœurs se précipitent l'un vers l'autre.

Mais comment me permettrais-je de le dire, même à vous, ma sœur ? Ce fut l'époque de ma grande joie. Les paroles que je prononce à présent sont des paroles écarlates. Le dernier jour de la onzième lune, je sus qu'à la moisson du riz, dans la plénitude de l'année, mon enfant naîtrait.

Lorsque je dis à mon mari que j'avais accompli mon devoir envers lui en concevant, il en fut très heureux. Il en informa officiellement d'abord ses parents, ensuite ses frères, et nous reçûmes leurs félicitations. Bien entendu mes propres parents n'étaient pas immédiatement intéressés à la question. Mais je résolus de le dire à ma mère quand je lui rendrais visite, au nouvel an.

Une période très difficile s'ouvrit alors pour moi. Jusqu'ici, on m'avait considérée, dans la famille de mon mari, comme une personne négligeable. Je n'étais que la femme d'un des plus jeunes fils. Je ne prenais presque aucune part à leur vie, depuis que nous avions quitté la grande demeure. Deux fois, à des saisons déterminées, j'avais été présenter mes respects et offrir le thé à la mère de mon mari, mais elle m'avait traitée avec indifférence, bien que sans méchanceté. Brusquement, je devins une véritable prêtresse de la destinée. Je portais en moi l'espoir de la famille : un héritier.

Des cinq frères de mon mari, aucun n'avait de fils. Si donc mon enfant était un garçon, il prendrait rang après le frère aîné, dans la famille et dans le clan, et serait l'héritier des biens. Oh ! c'est le chagrin d'une mère de ne pouvoir conserver son fils pendant les premiers jours, si brefs ! Trop tôt, il est appelé à prendre sa place dans la grande vie de famille. Mon fils sera à moi si peu de temps. Oh ! Kwan-yin, protégez mon petit enfant !

A l'extase de l'heure où pour la première fois tous les deux nous nous entretenions de cet enfant, succéda bien vite l'angoisse qui nous oppressait. J'ai dit que ce fut une époque difficile pour moi. C'est en raison de tous les conseils que je recevais de chacun ! Les plus opportuns furent ceux que me donna ma belle-mère révérée.

Lorsqu'elle apprit mon bonheur, elle m'envoya chercher. Jusqu'ici, j'avais été cérémonieusement reçue dans la salle des invités, car la mère de mon mari se montrait un peu hautaine avec nous, depuis notre départ. A présent, la servante avait évidemment reçu l'ordre de me conduire dans la salle commune, derrière la troisième cour.

Je trouvai ma belle-mère assise près de sa table, et buvant du thé en m'attendant. C'est une vieille dame majestueuse, énorme, avec des pieds minuscules, depuis longtemps insuffisants à supporter son grand poids. Au moindre pas, elle doit s'appuyer lourdement sur deux robustes esclaves, qui se tiennent toujours à portée, debout derrière son siège. Elle a des mains toutes petites, couvertes de bagues, et si grasses que les doigts sortent raides d'un monticule de chair potelée. Sa longue pipe d'argent poli ne la quitte pas, ses esclaves la remplissent sans cesse et l'allument avec une torsade de papier embrasé, prêt à flamber au moindre souffle.

Je vins tout droit vers ma belle-mère et me prosternai devant elle. Avec un large sourire, qui fit disparaître ses lèvres étroites dans l'épaisseur des joues alourdies, elle prit ma main et la tapota :

— Bonne fille, bonne fille, me dit-elle de sa voix enrouée.

Depuis longtemps son cou avait disparu dans des monceaux de graisse, et sa voix était asthmatique.

Je savais lui avoir fait plaisir. Je versai le thé dans un bol, le lui présentai des deux mains, et elle l'accepta. Puis je m'assis sur un petit siège, à côté. Mais elle ne supporta pas cette humilité ; naguère, pourtant, la place que j'occupais lui importait peu. Elle me fit signe, en souriant et toussant, de me remettre près d'elle, de l'autre côté de la table, et j'obéis à son commandement.

Ensuite, elle fit appeler ses autres belles-filles, qui toutes vinrent me féliciter. Trois d'entre elles, bien que mariées depuis plusieurs années, n'avaient jamais conçu. J'étais pour elles un sujet d'envie et un reproche vivant. En fait, l'aînée, une grande femme au teint jaune, toujours souffrante ou malade, se mit à gémir très haut en se balançant de côté et d'autre et en se lamentant sur son sort :

— Aï-ya — aï-ya, une vie amère, une destinée néfaste !

Ma belle-mère soupira et secoua gravement la tête. Elle permit à l'aînée de ses belles-filles de se consoler avec des pleurs, pendant la durée de deux pipes de tabac. Ensuite, elle la pria de se taire, car elle voulait me parler. J'appris, plus tard, que le frère aîné de mon mari venait de prendre une seconde femme, la première ne lui ayant jamais donné d'enfant. C'est ce qui rendait la douleur de la pauvre créature plus aiguë ce jour-là, car elle aimait son mari et comprenait enfin que les dieux dédaignaient les prières et les offrandes qu'elle leur adressait.

Ma belle-mère me donna beaucoup de bons conseils. Entre autres elle me recommanda de ne préparer aucun petit vêtement avant la naissance du bébé.

C'était l'habitude dans le pays de son enfance, à Anhwer. On croyait ainsi tenir les dieux cruels dans l'ignorance de la naissance prochaine, et les empêcher de chercher à détruire l'homme qui venait au monde.

Lorsque j'appris cette coutume, je demandai :

— Que lui mettra-t-on, à ce petit nouveau-né tout nu ?

— Enveloppez-le, dit-elle gravement, dans les plus vieux habits de son père. Ça lui portera bonheur. J'ai agi ainsi avec mes six fils, et ils ont tous vécu.

Mes belles-sœurs aussi se répandirent en bons avis ; chacune m'indiqua une recette de chez elle, m'exhortant surtout à manger une certaine espèce de poisson, aussitôt la naissance de l'enfant, et à boire des bols d'eau et de cassonade. Envieuses, elles se soulageaient ainsi par des conseils.

Lorsque je revins chez mon mari, le soir, tout heureuse de l'affectueux intérêt déployé par sa famille, je lui racontai ce qu'on m'avait priée de faire pour l'enfant. Surprise et horrifiée, je le vis soudain devenir furieux. Il marchait à grands pas dans la pièce en s'ébouriffant les cheveux.

— Quelles sottises ! Quelles absurdités ! s'écria-t-il. Tas de mensonges et de superstitions ! Non, jamais, jamais !

Il s'arrêta, me saisit par les épaules et plongea un regard sévère sur mon visage levé vers lui.

— Promettez-moi, dit-il, très ferme, que vous vous laisserez entièrement guider par moi. Faites attention, il faut obéir, Kwei-lan, promettez-le, ou sans cela je jure qu'il n'y aura jamais d'autre enfant !

Dans ma frayeur je ne pus que promettre.

Lorsque j'eus donné ma parole d'une voix incertaine, il se calma et dit :

— Demain, je vous emmènerai dans une maison occidentale. Vous y verrez la famille de mon vieux professeur américain. Je veux vous montrer comment les Occidentaux soignent leurs enfants, non pour vous demander de les imiter aveuglément, mais pour élargir vos idées.

Je tâcherai d'obéir à mon mari. Il n'y a qu'une seule chose que je fis en secret. Le lendemain matin, à l'aube, je me glissai hors de la maison, suivie d'une seule servante. Il était si tôt qu'un unique petit apprenti circulait en bâillant dans l'obscur brouillard du matin. J'achetai des bâtons d'encens dans une boutique. J'allai ensuite au temple et, allumant l'encens, je le plaçai devant la noire petite Kwan-yin qui donne des fils et des couches faciles. Je frappai ma tête, devant elle, contre la dalle de marbre, tout humide encore de la rosée de la nuit. Je murmurai ce que j'avais au fond du cœur, et la regardai en suppliant. Elle ne répondit pas. L'urne était pleine des cendres froides de l'encens que d'autres mères avaient apporté avant moi, avec des prières et des désirs semblables aux miens. J'enfonçai mes bâtons d'encens plus solidement dans les cendres, et les laissai brûler devant la déesse. Puis je rentrai chez moi.

Fidèle à sa parole, mon mari m'emmena visiter la demeure de ses amis occidentaux. J'éprouvai une grande curiosité, mais aussi un peu de crainte. J'en souris à présent, moi qui vous nomme ma sœur.

Jusqu'ici je n'étais jamais entrée dans une maison étrangère. Les occasions m'avaient manqué. Je ne circulais pas dans les rues et, chez ma mère, personne ne fréquentait les étrangers. Mon père, bien entendu, en rencontrait dans ses voyages, mais il ne leur accordait d'autre importance que celle de le faire rire avec leurs airs vulgaires et leurs façons brusques et grossières. Mon frère, seul, les estimait étrangement. Il en voyait souvent à Pékin et, dans son école, il y avait des professeurs occidentaux. Une fois même, avant mon mariage, j'avais entendu dire qu'il était allé chez des étrangers, et j'avais beaucoup admiré son courage.

Mais, dans la maison de ma mère, il n'y avait pas de relations de ce genre. Parfois, il arrivait qu'une servante sortie en courses revînt excitée, disant avoir vu passer un étranger dans la rue. On racontait des choses étonnantes, sur la peau bizarre de ces gens et leurs yeux pâles. J'écoutais avec la même curiosité que lorsque Wang Da-ma me parlait des fantômes et des diables de l'ancien temps. En fait, les servantes se chuchotaient des histoires de magie noire. Ces barbares avaient le pouvoir de voler l'âme d'une personne à l'aide d'une petite machine enfermée dans une boîte couleur d'encre. Ils regardaient à l'intérieur d'un seul œil, la machine claquait, et au même instant la personne éprouvait une curieuse faiblesse dans la poitrine. Très vite après, elle mourait, de maladie ou d'accident.

Mais mon mari se mit à rire quand je lui répétai ces choses.

— Comment, alors, ai-je pu passer douze années dans leur pays, et en revenir vivant ? demanda-t-il.

— Oh ! mais vous êtes savant, vous avez appris leur magie, répondis-je.

— Venez vous-même voir de quoi ils ont l'air, reprit-il. Ce sont des hommes et des femmes comme les autres.

Et ainsi, ce même jour, nous sortîmes et entrâmes dans un jardin où il y avait de l'herbe, des arbres et des fleurs. Je fus surprise de le trouver si beau et de voir que les Occidentaux aiment la nature. Naturellement, tout était négligé — ni cours ni bassins à poissons rouges — des arbres plantés au hasard et des fleurs poussant irrégulièrement, à leur gré. Je dois avouer que lorsque nous fûmes enfin arrivés devant la porte de la maison, je me serais enfuie, sans la présence de mon mari.

La porte s'ouvrit brusquement de l'intérieur, et un grand diable étranger se tint devant nous, avec un sourire à travers toute sa laide figure. Je reconnus que c'était un homme, à ce qu'il portait des vêtements semblables à ceux de mon mari. Mais, à ma grande horreur, au lieu d'avoir des cheveux humains noirs et plats, comme ceux de tout le monde, son crâne était recouvert d'une laine rouge et mousseuse. Ses yeux ressemblaient à des cailloux lavés par la mer, et son nez s'élevait en montagne au milieu de son visage. Oh ! c'était un être affreux à voir. Plus hideux que le dieu du Nord à l'entrée des temples.

Mon mari est brave. Il ne parut pas le moins du monde troublé à la vue de cet homme et lui tendit la main. L'étranger la serra, et la secoua de haut en bas. Mon mari, sans montrer de surprise, se tourna vers moi et me présenta. L'étranger me sourit de son énorme sourire, et fit mine de prendre aussi ma main. Mais je vis la sienne, tendue, grande, osseuse, avec de longs poils rouges et des points noirs dessus, et ma chair se contracta. Je mis mes mains dans mes manches, et m'inclinai. Il sourit encore plus largement et nous offrit d'entrer.

Nous allâmes dans un petit vestibule comme le nôtre, puis dans une autre pièce. Près de la fenêtre, une personne se tenait assise. Je devinai tout de suite que ce devait être la femme étrangère. Du moins, à la place du pantalon, elle portait une longue robe de cotonnade serrée au milieu du corps par un galon plat. Ses cheveux paraissaient moins laids que ceux de son mari, car ils étaient unis et lisses, bien que d'une fâcheuse couleur jaune. Elle aussi avait un très grand nez, mais droit, et de grandes mains avec des ongles courts et carrés. Je regardai ses pieds, ils étaient de la longueur d'un fléau à battre le riz. Je me dis à part moi : « Avec des parents comme ceux-ci, que seront les petits diables occidentaux ? »

Je dois avouer cependant que ces étrangers furent aussi polis qu'il leur était permis de l'être. Ils commettaient des erreurs et, à tout bout de champ, trahissaient leur manque d'éducation, présentaient les bols de thé d'une seule main et me servaient en général avant mon mari. L'homme alla même jusqu'à m'adresser la parole, en plein visage ! Je sentis l'insulte. Il aurait dû ignorer ma présence, et laisser à sa femme le soin de causer avec moi. Je pense qu'on ne peut pas les en blâmer. Cependant ils sont ici depuis douze ans, m'a dit mon mari ; et il me semble qu'ils auraient eu le temps d'apprendre certaines choses. Bien entendu, vous, ma sœur, qui avez toujours vécu ici, vous êtes des nôtres, à présent.

Mais la partie la plus intéressante de la visite commença lorsque mon mari pria l'étrangère de me montrer ses enfants et leurs petits vêtements. Il expliqua que nous-mêmes attendions un bébé et qu'il désirait me faire voir les habitudes occidentales. Elle se leva aussitôt et me demanda de monter avec elle. Je suppliai mon mari du regard, mais il me fit signe de la suivre.

J'oubliai ma peur, cependant, dès que je fus en haut. Elle m'amena dans une chambre inondée de soleil et chauffée par un four noir. Chose curieuse : désirant chauffer la pièce, elle laissait une fenêtre entrouverte, par où l'air froid pénétrait continuellement. Je ne m'aperçus pas aussitôt de ces détails, fascinée dès l'abord par la vue des trois enfants étrangers jouant par terre. Jamais je n'avais contemplé de si drôles petites créatures.

Sains d'apparence, et gras, ils avaient les cheveux blancs. Cela confirme ce que j'ai entendu dire : les étrangers ont une nature à l'envers de la nôtre, ils naissent avec des cheveux de neige qui foncent en vieillissant. Leur peau aussi est blanche. Je la supposais passée à l'eau médicinale, mais leur mère me montra une pièce dans laquelle on les lave tous, en entier, chaque jour. C'est ce qui explique leur peau. Les teintes de la nature sont effacées par tant de lavages.

Elle me montra aussi leurs vêtements. Ceux de dessous sont blancs, et le bébé était même habillé de blanc de la tête aux pieds. Je demandai à sa mère s'il était en deuil de quelque parent, puisque le blanc est la couleur de la tristesse, mais elle répondit que ce n'était pas pour cela, mais simplement pour que l'enfant soit tenu proprement. Je trouvais qu'une teinte sombre eût été mieux, moins salissante. Mais j'observais tout sans rien dire.

Ensuite je vis leurs lits, recouverts eux aussi de blanc. C'était très déprimant. Je n'arrivais pas à comprendre pourquoi on employait tellement de blanc ! C'était la couleur du deuil et de la mort. Assurément un enfant ne devrait être vêtu et couvert qu'avec des teintes de joie : rouge écarlate, jaune, ou bleu de roi ! Nous habillons nos bébés tout en rouge pour la joie qu'ils nous donnent en venant au monde. Mais rien chez ces étrangers n'est conforme à la nature.

Une des choses étonnantes que je découvris, c'est que la femme nourrissait son enfant au sein. Je n'avais pas songé à nourrir le mien. Ce n'est pas l'usage chez les femmes de qualité ou d'une certaine situation de fortune. Les esclaves abondent pour cette tâche.

Une fois que nous fûmes rentrés, je racontai tout à mon mari, et lui dis ensuite :

— Et même elle nourrit son propre enfant. Sont-ils donc si pauvres ?

— Il est bon de nourrir son enfant, fit mon mari. Vous nourrirez le vôtre.

— Comment, moi ? répondis-je très surprise.

— Certainement, répliqua-t-il gravement.

— Mais alors, je n'aurai pas d'autre enfant pendant deux ans ? objectai-je.

— C'est ainsi que ce doit être, me dit mon mari, bien que la raison que vous donniez soit absurde.

Peut-être cela est-il juste. En tout cas, je m'aperçois que puisque tant d'enfants de chaque famille doivent fatalement mourir, et que d'autres sont des filles, je n'aurai pas ma maison aussi pleine de garçons que je l'avais espéré. Cela vous surprend-il, ma sœur, que je ne cesse jamais de trouver mon mari étrange ?

Le lendemain, j'allai voir Mme Liu pour lui raconter ma visite. Ah ! si la déesse m'accordait un fils comme ses enfants — droits, vermeils et les yeux brillants ! Ils étaient magnifiques, la peau dorée, et exquis dans leurs vêtements rouges et à fleurs.

— Vous avez gardé nos vieilles coutumes, lui dis-je en regardant les enfants, et je poussai un soupir de satisfaction.

— Oui... Non... Regardez, reprit-elle, en attirant vers nous son aîné. Vous voyez, je mets le blanc à l'intérieur ; des doublures qu'on peut enlever et laver. Apprenez des étrangers ce qu'ils ont de bon, et laissez de côté ce qui ne convient pas.

En sortant de chez elle, j'allai dans un magasin d'étoffes. J'achetai de la soie rouge, rose, et à fleurs, de la qualité la plus douce ; du velours noir, de quoi faire une minuscule casaque sans manches, et du satin pour un bonnet. C'est difficile de choisir, car pour mon fils, il me fallait tout ce qu'il y avait de mieux. Je dis au marchand de me montrer d'autres soies, qu'il avait mises de côté, pliées dans des enveloppes de papier sombre, sur des étagères qui touchaient au plafond. L'homme était vieux et respirait difficilement ; il grogna lorsque je m'écriai :

— Montrez-m'en encore. Je voudrais une soie brodée de fleurs de pêche.

Je l'entendis grommeler sur la vanité des femmes ; alors je lui dis :

— Ce n'est pas pour moi, c'est pour mon fils.

Il eut un sourire biscornu et m'apporta la plus belle pièce de toutes, qu'il avait dissimulée jusqu'à présent.

— Prenez-la, dit-il, je la gardais pour la femme du

magistrat. Mais si c'est pour votre fils, prenez. Elle n'est qu'une femme après tout !

C'était la pièce que je cherchais. Parmi les brillantes piles de soies étalées sur le comptoir, elle luisait avec un somptueux reflet rose. Je l'achetai sans m'inquiéter du prix, bien que le rusé vieillard l'eût augmenté, j'en suis sûre, en voyant mon empressement. Je l'emportai chez moi, dans mes bras ; je me disais : « Ce soir, je taillerai là-dedans la petite veste et la culotte. Je les ferai seule. Je suis jalouse du contact des mains d'une autre sur mon enfant. »

Oh ! j'étais si heureuse, j'aurais pu coudre la nuit entière pour mon fils ! Je lui ai fait une paire de souliers à face de tigre. Je lui ai acheté une chaîne d'argent pour son plaisir.

9

Est-ce vous ? J'ai une grande nouvelle à annoncer. Aujourd'hui, mon fils a bondi contre mon cœur ; c'est comme s'il avait parlé.

J'ai préparé ses petites affaires. Les vêtements sont au complet ; j'ai même cousu les minuscules bouddhas d'or autour du bonnet de satin. Quand tout a été terminé et parfait, j'ai acheté un coffre en bois de santal, et y ai rangé toutes les choses. Elles s'imprégneront d'un doux parfum, pour le corps de mon fils. A présent, je n'ai plus rien à faire ; pourtant le riz est encore d'un vert de jade dans les champs, et j'ai trois lunes à attendre. Je reste assise et rêve à ce que sera mon enfant.

Oh ! sombre petite déesse ! Écoutez ma prière, hâtez les jours ailés, jusqu'à ce que mon trésor soit dans mes bras !

Au moins pour un jour, je l'aurai à moi ? Je ne cherche pas au-delà ; car les parents de mon mari ont écrit une lettre disant qu'il faut que l'enfant aille vivre dans la maison ancestrale. Il est seul petit-fils, et sa vie est trop précieuse pour qu'elle se passe nuit et jour hors de la vue de ses grands-parents. Déjà, ils s'accrochent tendrement à cette pensée. Le père de mon mari, qui ne m'avait encore jamais adressé la parole, m'a fait demander l'autre jour et a causé avec moi. Je voyais que, dans son vieil esprit, il lui semblait que son petit-fils était déjà né.

Ah ! j'aspire à le garder pour nous ! Si nous pouvons avoir notre fils ici, être simplement tous les trois, je me réconcilie avec la petite maison étrangère et les habitudes bizarres. Mais je connais les vraies traditions de notre peuple. Je ne puis envisager que mon premier-né puisse me rester. Il appartient à toute la famille.

Mon mari en est très malheureux. Il fronce le sourcil et murmure entre ses dents. Il dit que l'enfant sera perdu par la stupidité des esclaves, l'excès de nourriture et un luxe malsain. Il arpente le plancher et, un jour, il est allé jusqu'à regretter la venue prochaine du bébé. J'ai eu peur, j'ai craint la colère des dieux devant cette ingratitude, et je l'ai supplié de se taire.

— Nous devons supporter ce qui est une juste coutume, lui dis-je.

Mais mon cœur saignait du désir de garder mon enfant.

Mon mari est calme de nouveau, et très grave. Il ne me parle plus de ses parents. Je me demande ce qu'il a résolu, car il ne dit rien. Quant à moi, mes pensées ne dépassent pas le jour où le précieux petit être sera là, pour que j'en repaisse mes yeux.

Je sais à présent ce qu'a fait mon mari. Trouvez-vous que c'est mal, ma sœur ? Moi je l'ignore. Je ne peux que me fier à lui et penser que c'est bien puisqu'il l'a décidé. Il a dit à ses parents que, de même qu'il avait revendiqué sa femme pour lui seul, de même à présent il demandait que son fils n'appartînt qu'à nous, son père et sa mère.

Ses parents se sont fâchés. Mais nous pouvons supporter leur colère sans rien répondre. Mon mari m'a raconté qu'à la fin, son vieux père avait cessé d'argumenter et s'était mis à pleurer silencieusement. J'ai trouvé cela bien pitoyable qu'un fils fasse pleurer son père. S'il ne s'était pas agi de mon fils, mon cœur eût faibli. Mais mon mari est plus brave que moi ; il supporta sans s'attendrir les larmes paternelles.

Ah ! quand tout d'abord nous avons quitté la maison du père, je lui ai reproché de briser les coutumes honorées du passé. Mais à présent, femme égoïste que je suis, je ne crains plus de rompre la tradition. Je ne pense qu'à mon fils. Il sera mien, à moi. Je n'aurai pas besoin de le partager avec vingt autres personnes, ses grands-parents, ses tantes. Moi, sa mère, je pourrai le soigner, le laver, le vêtir et le garder à mon côté jour et nuit.

Maintenant, mon mari m'a dédommagée de tout. Je remercie les dieux d'être la femme d'un homme moderne. Il me donne mon fils. Ma vie entière ne suffira pas pour m'acquitter de ma reconnaissance.

Chaque jour, je regarde jaunir le riz des champs. Les épis sont pleins et se courbent. Encore un peu de temps sous ce langoureux soleil, et ils éclateront de maturité, prêts pour la moisson. Mon fils naît dans une belle année, une année de plénitude, disent les fermiers.

Combien de jours encore de rêveuse attente ?

J'ai cessé de me demander si mon mari m'aimait. Quand j'aurai donné naissance à mon fils, il connaîtra mon cœur, et je connaîtrai le sien.

Ma sœur ! Il est ici, mon fils est là ! Il repose enfin dans le creux de mon bras, et ses cheveux sont noirs comme de l'ébène.

Regardez-le. Il est impossible que tant de beauté ait déjà été créée ! Ses bras sont gras et potelés et ses jambes ont la force des jeunes chênes. Par amour, j'ai examiné tout son corps. Il est sain et admirable comme celui d'un fils de dieu.

Ah ! le coquin, il donne des coups de pied et crie pour venir au sein, et il l'a pris il y a une heure à peine. Sa voix est forte et il réclame tout !

Mais mon heure a été dure, ma sœur. Mon mari me veillait avec des yeux tendres et inquiets. Dans ma joie et dans mon agonie, j'allais et venais devant la fenêtre. On coupait le grain mûr et on le couchait sur le sol en riches gerbes. La plénitude de l'année, la plénitude de la vie.

Je haletais, mordue par l'atroce douleur, puis j'exultais de me sentir à l'apogée de ma vie de femme. C'est ainsi que je donnai naissance à mon premier-né. Aï-ya, qu'il était robuste ! Comme il força les portes de la vie pour entrer au monde, et avec quel formidable cri ! Je craignis de mourir de la douleur de son impatience, et je me glorifiai de sa vigueur. Mon trésor d'homme-enfant !

Maintenant, ma vie a fleuri. Vous dirai-je tout, pour que vous compreniez à quel point ma joie est complète ? Pourquoi ne vous la raconterais-je pas, ma sœur, qui jusqu'ici avez vu mon âme à nu ? Donc cela se passa ainsi :

J'étais étendue sur mon lit, faible, mais triomphante. Mon fils était à mes côtés. Mon mari entra. Il s'approcha et tendit les bras. Mon cœur bondit. Mon époux réclamait la vieille coutume de la présentation.

Je pris mon fils et le plaçai dans les bras de son père. Je le lui présentai en ces termes :

— Mon cher seigneur, voici ton fils, ton premier-né. Prends-le, ta femme te le donne.

Il me regarda au fond des yeux. Je défaillais sous ce regard ardent. Il se pencha plus près de moi, il parla :

— Je te le rends. Il est à nous (sa voix était basse, les mots ruisselaient comme des gouttes d'argent), je le partage avec toi. Je suis ton époux qui t'aime.

Vous pleurez, ma sœur ? Ah ! oui. Je sais, moi aussi. Comment sans cela supporterions-nous tant de joie ! Regardez mon fils ! Il rit !

Deuxième Partie

10

Oh ! ma sœur ! Je pensais que désormais, avec mon fils près de moi, je n'aurais plus que de joyeuses paroles à vous dire. Rayonnante, j'étais certaine qu'aucune tristesse ne pourrait m'approcher. Comment se fait-il que tant que durent les liens du sang, ils risquent de causer la souffrance ?

Aujourd'hui, mon cœur a peine à supporter ses propres battements. Non, non, il ne s'agit pas de mon fils. Il a neuf mois d'existence et il est gros comme un vrai Bouddha ! Vous ne l'avez pas vu depuis qu'il cherche à se tenir sur ses jambes, il y a de quoi faire rire un moine. A présent qu'il s'est aperçu qu'il peut marcher, il est furieux si on cherche à l'asseoir. Vraiment mes bras n'ont pas assez de force pour le plier. Ses pensées sont pleines de jolie malice, et la lumière danse dans ses yeux. Son père prétend qu'il est gâté, mais je vous le demande, comment puis-je gronder un pareil enfant qui me désarme par son entêtement et par sa beauté, en sorte que je suis en proie à la fois aux larmes et au rire ? Ah ! non, il ne s'agit pas de mon fils.

C'est mon frère. Je veux dire celui qui est le fils unique de ma mère, et qui vient de passer trois ans en Amérique. Maintenant, il nous vide le cœur, à ma mère et à moi.

Je vous ai parlé de lui, vous vous en souvenez ? Je l'aimais tant dans mon enfance ! Ensuite, je l'ai presque perdu de vue toutes ces années, et j'ai eu rarement de ses nouvelles, car ma mère n'a jamais oublié qu'il est parti contre sa volonté à elle, et qu'il a même refusé de l'écouter et d'épouser sa fiancée. Aussi, son nom ne montait pas aisément aux lèvres de ma mère.

A présent, il vient de troubler sa paix à nouveau. Il ne lui suffit pas d'avoir gravement désobéi à sa mère dans le passé, il faut encore... Mais tenez, voici la lettre. Elle m'est parvenue hier, par la main de Wang Da-ma, notre vieille nourrice, qui nous a donné le sein à tous les deux, lorsque nous venions de naître, et qui a toujours été au courant de ce qui se passait dans la famille de ma mère.

En entrant, elle se prosterna jusqu'à terre devant mon fils. Ensuite, elle me tendit la lettre en pleurant et poussa trois plaintes profondes :

— Aïe... Aïe... Aïe.

Et moi, qui savais que seule une catastrophe pouvait expliquer cette attitude, je sentis une seconde ma vie suspendue.

— Ma mère... Ma mère ? m'écriai-je.

Je me rappelai la faiblesse avec laquelle elle s'était appuyée sur sa canne, la dernière fois que je l'avais vue, et j'éprouvais des remords de n'être allée que deux fois chez elle depuis la naissance de l'enfant, trop absorbée par mon bonheur.

— Ce n'est pas votre mère, fille de la très honorable dame, répondit Wang Da-ma avec un profond soupir. Les dieux ont prolongé sa vie pour qu'elle connaisse ce chagrin.

— Est-ce mon père..., demandai-je, mon court effroi se changeant en inquiétude.

— L'Honorable, non plus, ne boit pas encore aux Sources jaunes, répondit-elle en s'inclinant.

— Alors ? demandai-je, voyant la lettre qu'elle venait de déposer sur mes genoux.

Elle me la montra du doigt.

— Faites que la jeune mère d'un fils princier lise cette lettre, me conseilla-t-elle, c'est écrit à l'intérieur.

Je priai alors la servante de lui verser du thé dans

l'antichambre et, confiant mon fils à sa bonne, je regardai la lettre. Elle m'était adressée et elle était signée du nom de ma mère. Je fus remplie d'étonnement. Jamais ma mère ne m'avait écrit.

Je me laissai aller un moment à ma surprise, puis j'ouvris l'étroite enveloppe et en retirai la mince feuille de papier. Je reconnus les lignes étudiées et délicates du pinceau maternel. Je passai rapidement sur les phrases conventionnelles du début, et mes yeux tombèrent sur ces mots qui formaient le noyau de la lettre :

« Votre frère, qui est resté tous ces mois dans les pays lointains, m'écrit à présent qu'il veut prendre en mariage une femme étrangère. »

Suivaient, pour terminer, les formalités d'usage. C'était tout. Mais à travers ces quelques mots de ma mère, je sentais son âme saigner. Je criai tout haut :

— Oh ! frère cruel et fou ! Oh ! fils cruel et méchant !

Si bien que les servantes se hâtèrent de venir me consoler et me supplier de songer au lait de mon enfant, que la colère empoisonnerait.

Puis, voyant que le flot de mes larmes était si grand que je ne pouvais l'arrêter, elles s'assirent à terre, et élevant la voix, elles pleurèrent avec moi, pour faire sortir ma fureur. Lorsque j'eus assez sangloté pour me calmer, et que je fus lasse de leur bruit, je priai les servantes de se taire, et j'envoyai chercher Wang Da-ma. Je lui dis :

— Restez encore une heure, que le père de mon fils soit rentré, et que je puisse ouvrir cette lettre devant lui, et savoir ce qu'il me dira de faire. En attendant, mangez du riz et de la viande pour vous remonter.

Elle accepta sans peine, et je donnai l'ordre de lui servir un petit morceau de porc en plus. Je me réconfortai, en la consolant ainsi, de la part qu'elle prenait à notre calamité familiale.

En attendant le retour de mon mari, je restai seule à méditer dans ma chambre. Je me rappelais mon frère. Malgré mes efforts, je n'arrivais pas à me le représenter tel qu'il doit être à présent : un homme fait, vêtu en Américain, parcourant sans crainte les routes inconnues de cette contrée lointaine, parlant peut-être à ses hommes et à ses femmes — à celles-ci, en tout cas, puisqu'il aime l'une d'elles. Je ne pouvais que regarder en moi-même, et me souvenir de lui tel que je l'ai le mieux connu : le petit frère aîné de mon enfance, celui avec qui je jouais sur les seuils des portes, à l'entrée des cours.

Il avait alors la tête de plus que moi. Vif de mouvements, excité en paroles, aimant rire. Son visage ressemblait à celui de notre mère : ovale, les lèvres droites et minces, les sourcils nettement dessinés au-dessus des yeux allongés. Les concubines étaient jalouses parce qu'il était plus beau que leurs fils. Mais comment aurait-il pu en être autrement ? Elles n'étaient que des femmes communes, esclaves dans leur jeunesse, avec leurs lèvres épaisses et vulgaires, leurs sourcils hérissés comme des poils de chien. Tandis que notre mère est une dame de cent générations. Sa beauté est faite de précision et de délicatesse, pleine de réserve dans la ligne et la couleur. Cette beauté, elle l'avait léguée à son fils.

Non pas que lui-même y attachât de l'importance. Il repoussait avec irritation les doigts caressants des jeunes esclaves lorsqu'elles les promenaient sur ses joues unies, et le flattaient pour plaire à sa mère. Il était très appliqué dans ses récréations, excessif jusque dans les jeux et le rire ; je crois le voir encore s'amuser en fronçant les sourcils. Résolu en toutes choses, il ne tolérait aucune volonté plus forte que la sienne.

Lorsque nous jouions ensemble, je n'osais jamais le fâcher. D'abord, parce qu'il était un garçon et qu'il n'eût pas été convenable pour moi, en qualité de fille, de le contrarier, mais je cédais surtout parce que je l'aimais beaucoup et ne voulais pas l'ennuyer.

Vraiment, personne ne supportait de le voir contrarié. Servantes et esclaves révéraient en lui le jeune seigneur, et même la dignité de notre mère s'adoucissait en sa présence. Je ne veux pas dire par là qu'elle lui permettait de désobéir à ses ordres. Mais je crois qu'elle prenait souvent sur elle, de manière à lui commander ce qui était d'accord avec ses désirs à lui. Pour ne pas avoir à lui opposer un refus, et lui en éviter la tentation, j'ai entendu ma mère prier une esclave de retirer de la table, avant l'arrivée de mon frère, certain gâteau à l'huile, très doux, qu'il aimait beaucoup et qui le rendait malade, mais qu'il persistait à manger.

Sa vie lui fut ainsi facilitée dans sa jeunesse. Je ne songeais pas à remarquer la différence qu'on faisait entre nous deux.

L'idée d'être considérée comme l'égale de mon frère ne me vint jamais. C'était inutile. Je n'avais pas un rôle aussi important que lui à jouer dans la famille ; il était le premier fils, l'héritier de mon père.

A cette époque-là, je n'aimais personne autant que mon frère. Je marchais à ses côtés dans les jardins, en lui tenant la main. Ensemble, nous nous penchions sur les mares peu profondes, cherchant dans l'ombre verte un certain poisson rouge que nous prétendions être à nous. Ensemble, nous récoltions des petits cailloux de différentes couleurs, et construisions de minuscules cours de fées, copiées sur nos cours à nous, mais d'un dessin très compliqué. Lorsque mon frère m'apprenait à passer soigneusement mon pinceau sur les contours des caractères tracés dans mon premier cahier d'écriture, guidant ma main avec la sienne, je le prenais pour le plus savant des êtres humains. Quand il circulait dans les cours des femmes, je le suivais partout comme un petit chien, et s'il se dirigeait au-delà du portail cintré, dans les salles des hommes où il m'était défendu de le suivre, j'attendais patiemment son retour.

Puis, un beau jour, il eut neuf ans ; on le retira des appartements des femmes pour le mettre dans ceux de mon père et des hommes, et notre vie commune fut brusquement interrompue.

Oh ! ces premières journées, je ne pouvais pas les supporter sans de longues crises de larmes. La nuit, je m'endormais à force de pleurer, et rêvais d'un endroit où nous resterions toujours enfants et ne serions jamais séparés. Pendant longtemps, je traînai ma mélancolie, et trouvai vides les pièces où il n'était pas. Ma mère finit par craindre pour ma santé, elle me dit :

— Ma fille, ce perpétuel désir de voir ton frère est déplacé. Tu dois réserver semblable émotion pour d'autres liens. Une douleur comme la tienne ne serait de mise que dans le cas de la mort des parents de ton mari. Apprends le sens des proportions dans la vie, et contiens-toi. Mets ton application à tes études et à ta broderie. Le moment est venu de te préparer sérieusement au mariage.

Dès lors, je vécus avec l'idée de mon futur mariage sans cesse devant les yeux. Je grandis, et arrivai à comprendre que ma vie et celle de mon frère ne sauraient se passer côte à côte. Je n'appartenais pas en premier lieu à sa famille, mais à celle de mon fiancé. J'écoutai donc les paroles de ma mère, et me mis résolument à remplir mes devoirs.

Je me souviens nettement du jour où mon frère désira partir pour l'école de Pékin. J'étais là quand il se présenta devant ma mère et lui demanda son autorisation dans les règles. Ayant déjà obtenu le consentement de mon père, cette visite à ma mère était de simple déférence ; elle ne pouvait interdire ce qu'il avait permis. Mais mon frère a toujours été scrupuleux dans sa manière d'observer les formes.

Il se tenait en face de ma mère. Nous étions en été ; mon frère portait une robe de soie grise, légère, et avait au pouce une bague de jade. Il a toujours été amateur de belles choses. Ce jour-là, il me fit penser à un roseau d'argent, à cause de sa grâce. Il restait la tête penchée, les yeux baissés devant notre mère, mais je pouvais voir luire ses prunelles entre les paupières.

— Ma mère, dit-il, si vous le permettez, j'aimerais à poursuivre mes études à l'université de Pékin.

Elle se sentait naturellement obligée de consentir, et lui savait que, si elle l'eût pu, elle eût refusé. Au lieu de s'attarder à des plaintes et à des larmes, comme beaucoup auraient fait à sa place, elle répondit aussitôt, avec calme et fermeté :

— Mon fils, tu sais qu'il en sera fait selon le désir de ton père. Je ne suis que ta mère. C'est entendu. Cependant je parlerai, même si je ne puis rien ordonner de contraire à sa volonté. Je ne vois pas l'utilité de ton départ. Ton père et ton grand-père ont complété chez eux leur éducation. Toi-même as eu pour t'instruire depuis ton enfance les plus habiles érudits de la cité. Nous avons même fait venir T'ang, le lettré de Se-tchouan, pour t'apprendre la poésie. Ce savoir étranger ne te servira à rien dans ta situation. En partant vers ces cités lointaines tu mets en péril une vie qui ne sera pleinement tienne que lorsque tu nous auras donné un fils pour continuer le nom ancestral. Si tu avais pu te marier avant...

Mon frère s'agita, mécontent, et ferma son éventail qu'il avait tenu déployé dans sa main gauche. Puis il l'ouvrit de nouveau, brusquement, en le faisant claquer. Il leva ses yeux, qui brillèrent de révolte. Ma mère avança sa main :

— Ne parle pas, mon fils, je ne commande pas encore. Je te mets simplement en garde. Ta vie ne t'appartient pas. Prends-en soin.

Je le vis rarement après cela. Il revint seulement deux fois chez nous avant mon mariage, et nous n'avions rien à nous dire. Nous n'étions jamais seuls. En général il n'entrait dans les cours des femmes que pour saluer cérémonieusement sa mère ou lui faire ses adieux, et je n'aurais pas pu lui parler librement en présence d'une aînée.

Je me rendis compte qu'il grandissait et se tenait très droit. Sa figure perdait aussi cette svelte grâce penchée, enfantine, qui dans son adolescence lui donnait presque l'air d'une belle jeune fille. Je l'entendis expliquer à ma mère que dans cette école d'un modèle étranger, il devait exercer journellement son corps, en sorte qu'il devenait plus grand, plus fort et musclé. Il fit couper ses cheveux, selon la nouvelle mode, à l'époque de la première révolution ; et ils tranchaient, noirs et lustrés sur sa tête au port hardi. Je remarquai sa beauté. Dans les cours, les femmes soupiraient après lui, et la Deuxième Épouse murmura :

— Ah ! il est comme son père, au début de nos amours.

Puis, mon frère traversa les mers, et je ne le revis plus. Dans mon esprit, il devenait indistinct, obscurci par toute cette étrangeté qui l'environnait ; si bien que je ne suis jamais arrivée à me le représenter nettement.

Assise dans ma chambre, à attendre mon mari, serrant entre mes mains la lettre de ma mère, je m'aperçus que mon frère était pour moi un étranger.

A midi, lorsque mon mari rentra, je courus vers lui en pleurant, tenant toujours la lettre dans mes mains tendues. Il m'accueillit avec surprise, en disant :

— Mais qu'y a-t-il ? Qu'est-ce ?

— Lisez, lisez et jugez, m'écriai-je.

Et je me remis à sangloter de plus belle en voyant l'expression que prit son visage pendant la lecture.

— Stupide garçon ! Fou ! Fou ! murmura-t-il entre ses dents, en froissant la lettre. Comment a-t-il pu agir ainsi ? Oui, allez tout de suite chez votre honorable mère. Il faut que vous la consoliez.

Par un serviteur, il fit demander au coureur du pousse-pousse de hâter son repas, afin de m'éviter une perte de temps. Dès qu'il fut prêt, je partis avec mon enfant et sa bonne, et priai l'homme de courir très vite.

Dès que j'eus passé la porte de la maison de ma mère, je sentis un lourd silence peser sur toutes choses, comme un nuage obscurcit la lune. Les esclaves vaquaient à leurs besognes en roulant leurs yeux et en chuchotant. Wang Da-ma, qui revenait avec moi, avait versé tant de larmes en chemin, dans la rue, que ses paupières en étaient gonflées.

Dans la cour des saules pleureurs, je trouvai la Deuxième et la Troisième Épouse assises avec leurs enfants. Quand elles me virent entrer, accompagnée de mon fils, elles prirent à peine le temps de me saluer, tant elles avaient hâte de me questionner.

— Ah ! le bel enfant ! s'écria la grosse épouse, posant ses jolis doigts potelés sur la joue du bébé et respirant l'odeur de ses petites mains, en guise de caresse. Ah ! petit bambou en sucre !

Puis elle se tourna vers moi, importante et grave :

— Savez-vous ?

J'inclinai la tête affirmativement, et demandai :

— Où est ma mère ?

— L'Honorable Première Épouse a passé ces trois derniers jours dans son appartement, répondit-elle. Elle ne parle à personne, et demeure assise dans sa chambre. Deux fois par jour, elle vient dans la pièce extérieure pour communiquer ses ordres à la maisonnée et distribuer le riz et la nourriture. Ensuite elle retourne chez elle. Ses lèvres sont figées comme celles d'une statue de pierre, et son regard nous oblige à nous détourner. Nous n'osons pas lui parler. Nous ignorons ses pensées. Vous nous répéterez ce qu'elle vous dira.

Et elle me cajola avec de petites mines et des sourires, mais je secouai la tête, refusant de satisfaire sa curiosité.

— Au moins, laissez-nous le petit trésor, nous nous amuserons avec lui.

Elle tendit les bras pour prendre mon fils, mais je l'en empêchai :

— Je l'amène à ma mère ; il la distraira et détournera ses pensées de son chagrin.

Lorsque j'eus traversé la salle des invités, puis la cour des pivoines et la salle de repos des femmes, j'hésitai devant les appartements de ma mère. En général, seule la portière de satin rouge retombait dans l'ouverture, mais aujourd'hui, derrière le rideau, la porte se trouvait fermée. Je frappai légèrement sur le panneau, du plat de la main. Il n'y eut pas de réponse. Je frappai de nouveau, mais ce fut seulement lorsque je m'écriai : « C'est moi, ma mère, c'est votre petit enfant ! », que j'entendis sa voix ; elle semblait venir de très loin :

— Viens à moi, ma fille.

J'entrai. Elle était assise près de la table noire sculptée. L'encens se consumait dans l'urne de bronze devant les écritures sacrées, sur le mur. Ma mère inclinait la tête, une de ses mains pendante tenait un livre. En me voyant entrer, elle me dit :

— Tu es venue ! Je me suis efforcée de lire le *Livre des changements.* Mais je ne trouve rien dans ses pages qui puisse me consoler aujourd'hui.

Elle secoua la tête en parlant, l'air un peu vague. Le livre tomba à terre et y demeura.

Cette attitude irrésolue m'inquiéta. Ma mère a toujours été maîtresse d'elle-même, pleine d'assurance et de sang-froid. Je sentis qu'elle avait dû rester seule trop longtemps. Je me fis des reproches. J'avais exagéré mon amour pour mon fils, et je m'étais laissé réconforter par la tendresse de son père, si profondément, et si longuement ! Il y avait bien des jours que je n'étais venue voir ma mère. Comment arriverais-je à la ranimer et à la distraire de ses pensées ? Je pris mon fils et le mis debout, sur ses grosses jambes. Je lui fis joindre les mains et s'incliner devant elle. Je murmurai :

— Ta Vénérable, dis-le, enfant...

— Vé-né..., balbutia-t-il en la regardant sans sourire.

Je vous ai dit que ma mère ne l'avait pas vu depuis son troisième mois, et vous savez, ma sœur, combien il est beau ! Qui pourrait lui résister ! Le regard de ma mère tomba sur lui, et s'y attarda. Puis elle se redressa et, s'étant levée, se dirigea vers une armoire dorée et en retira une boîte de laque rouge pleine de minuscules gâteaux recouverts de graines de sésame. Elle l'ouvrit, et en remplit les mains de l'enfant. Il rit tout haut en les voyant, et elle le gratifia d'un faible sourire :

— Mange, ma petite fleur de lotus, mange, mon petit agneau.

La voyant distraite pour l'instant, je ramassai le livre, versai du thé de la théière dans un bol, et le lui présentai des deux mains.

Elle me pria alors de m'asseoir ; l'enfant jouait sur le sol et nous le surveillions. J'attendais qu'elle parlât, ne sachant pas si elle désirait que le sujet de mon frère fût mentionné ou non. Elle ne l'aborda pas tout de suite, me disant d'abord :

— Ton fils est là, ma fille.

Je me souvins du soir où je lui avais conté ma détresse. A présent la joie du matin était venue.

— Oui, ma mère, répondis-je en souriant.

— Tu es heureuse ? demanda-t-elle, ses yeux toujours fixés sur l'enfant.

— Mon seigneur est un prince pour ses grâces envers moi, son humble épouse, répondis-je.

— L'enfant a été conçu, et il est né à l'état de perfection, fit-elle, rêveuse, en le regardant. Et chaque point que j'observe est achevé. Les dix parties de l'unité complète. Aucun trait de beauté ne laisse à désirer. Ah ! (elle s'agita en soupirant) ton frère était un enfant comme celui-ci. Je voudrais l'avoir perdu alors, il serait resté filial et beau dans mon souvenir.

Je compris donc qu'elle désirait parler de mon frère, mais j'attendis de voir plus clairement la direction de sa pensée. Au bout d'un instant, elle leva les yeux sur les miens et me dit :

— Tu as reçu ma lettre ?

— La lettre de ma mère m'est parvenue ce matin, des mains de la servante, répondis-je en m'inclinant.

Elle soupira de nouveau et, se levant, prit une autre lettre dans le tiroir de sa table à écrire. Debout, j'attendais qu'elle revînt. Lorsqu'elle me tendit la lettre, je la reçus des deux mains. Elle me dit :

— Lis.

C'était d'un ami de mon frère, nommé Chu, avec lequel il était allé de Pékin en Amérique. A la demande de mon frère, disait-il, lui, Chu Kwoh-ting, écrivait aux Vénérés, pour leur annoncer que leur fils s'était fiancé selon la coutume occidentale, avec la fille d'un de ses professeurs de l'université. Lui, leur fils, envoyait ses respects filiaux à ses parents et les suppliait de rompre ses premières fiançailles avec la fille de Li, projet dont la seule pensée l'avait toujours rendu malheureux. Il reconnaissait en toutes choses la vertu supérieure de ses parents, et leur constante bonté envers lui, leur fils indigne. Cependant il désirait indiquer nettement qu'il ne pouvait épouser celle à qui on l'avait fiancé selon les coutumes chinoises, parce que les temps avaient changé ; il était un homme moderne, décidé à adopter la méthode moderne du mariage, en toute indépendance et liberté.

La lettre se terminait par beaucoup de phrases cérémonieuses et filiales ; témoignage de respectueuse obéissance et affection. Néanmoins, mon frère ne dissimulait aucunement la décision qu'il avait prise, uniquement pour éviter à ses parents et à lui-même l'embarras d'un défi direct. En lisant cette lettre, mon cœur brûlait d'indignation contre mon frère. Lorsque j'eus terminé, je la repliai et la tendis à ma mère, sans mot dire.

— Il est saisi de folie, remarqua-t-elle, je lui ai envoyé la lettre électrique pour ordonner son retour immédiat.

Je vis alors combien elle était troublée ! Car ma mère est tout à fait vieille Chine.

Lorsqu'on érigea dans les rues de notre antique et belle cité de hauts poteaux garnis de fil de fer, comme un arbre porterait des toiles d'araignée, ma mère s'était élevée contre cette profanation.

« Nos ancêtres se contentaient bien du pinceau et du bloc d'encre, et nous, leurs descendants indignes, qu'avons-nous donc à dire de plus important que leurs augustes paroles, pour nécessiter une telle hâte ? » s'était-elle écriée dans son indignation. Et lorsqu'elle apprit que les mots voyageaient même sous la mer, elle demanda : « Et qu'avons-nous donc à communiquer à ces barbares ? Les dieux dans leur sagesse ont mis la mer entre nous, pour nous éloigner d'eux. Il est impie de réunir ce que les dieux dans leur sagesse ont séparé. »

Mais à présent elle éprouvait elle-même le besoin de cette hâte.

— J'avais pensé, fit-elle tristement, n'avoir jamais à me servir de ces inventions étrangères. Et si mon fils était resté dans son propre pays, ce ne serait pas arrivé. Lorsqu'on fréquente les barbares, on attelle le diable à son propre moulin.

— Ma mère, ne vous chagrinez pas trop, mon frère est

obéissant, il vous écoutera et se détournera de la folie de courir après une étrangère.

Mais elle secoua la tête, et appuya son front sur ses mains. En voyant cela, je me sentis prise d'une soudaine inquiétude. Elle paraissait vraiment malade. Elle n'avait jamais été forte, mais sa maigreur avait encore augmenté et la main qui soutenait sa tête tremblait. Je me penchais en avant pour mieux l'observer, lorsqu'elle se remit à parler avec lenteur :

— J'ai dû apprendre, il y a bien longtemps, dit-elle, la voix faible et très lasse, que lorsqu'une femme s'est faufilée dans le cœur d'un homme, les yeux de cet homme sont tournés en dedans et ne voient qu'elle, en sorte qu'il est aveugle à tout le reste pendant un temps.

Elle s'arrêta, se reposa, puis reprit, mais ses mots sortaient à la fin comme des soupirs :

— Ton père ne passe-t-il pas pour un homme honorable ? Cependant j'ai dû me résigner depuis longtemps à ce qu'il devienne fou, chaque fois que la beauté d'une femme s'empare de lui, éveille sa convoitise. Il est incapable alors de comprendre aucun raisonnement. Il a connu une vingtaine de chanteuses en dehors de ces bouches inutiles qu'il nous a ramenées à la maison comme concubines. Nous en avons trois, et il y en aurait bien une de plus, si son désir pour cette fille de Pékin ne s'était éteint avant la fin des négociations. Comment, alors, le fils montrerait-il plus de sagesse que le père ? Les hommes... !

Elle s'anima soudain. Ses lèvres se retroussèrent jusqu'à ce que sa bouche si pleine de mépris parût un être vivant.

— Leurs pensées intimes sont toujours enroulées comme des serpents autour du corps de quelque femme.

Je m'assis, horrifiée à ces mots. Jamais elle n'avait parlé devant moi de mon père et de ses concubines. Je vis soudain apparaître le fond de son âme. L'amertume et la souffrance étaient en elle, comme des entrailles de feu. Je ne trouvai rien pour la réconforter, moi, l'aimée de mon seigneur. Je tâchai de me figurer mon mari prenant une Deuxième Épouse. Cela me fut impossible. Je ne pouvais que me souvenir de nos heures d'amour et, involontairement, mes yeux tombèrent sur mon fils qui jouait encore avec les petits gâteaux de sésame.

Avec quels mots consolerais-je ma mère ?

Cependant je désirais ardemment lui parler.

— Il se peut que cette femme étrangère..., commençai-je timidement.

Mais ma mère frappa le sol avec sa longue pipe qu'elle venait de prendre sur la table, et qu'elle bourrait de ses mains hâtives et tremblantes.

— Ne parlons plus de cette femme, fit-elle, brusquement. J'ai dit. Maintenant, à mon fils d'obéir. Il reviendra épouser la fille de Li, sa fiancée, et d'elle sortira son premier fruit. Une fois son devoir rempli envers les ancêtres, il pourra prendre qui lui plaît comme petite femme. Puis-je m'attendre à voir le fils plus parfait que le père ? Mais silence à présent. Laisse-moi. Je suis très fatiguée. Il faut que je me repose un instant sur mon lit.

Je ne pus rien ajouter. Je vis qu'en effet elle était très pâle ; son corps se voûtait, semblable à un roseau flétri. Je pris mon fils et me retirai de sa présence.

A mon retour, je pleurai et dis à mon mari qu'il m'avait été impossible d'adoucir le chagrin de ma mère. Il me consola, posant sa main sur la mienne, et me pria d'attendre avec patience le retour de mon frère. Devant ces paroles et cette bonté, je repris courage en l'avenir. Mais le lendemain matin, une fois mon mari parti pour son travail, mes doutes revinrent. Je ne puis oublier ma mère.

Au milieu des tristesses de sa vie, elle s'est sentie soutenue par ce grand espoir — l'espoir qu'a toute femme vertueuse : un fils de son fils qui serait l'appui de sa vieillesse, et lui permettrait de remplir son devoir envers sa famille. Comment mon frère a-t-il pu mettre son insouciant désir au-dessus de la vie même de sa mère ? Je ferai des reproches à mon frère. Je lui répéterai tout ce qu'a dit ma mère. Je lui rappellerai qu'il est son fils unique, et je lui dirai : « Comment oseriez-vous mettre l'enfant d'une étrangère sur les genoux de notre mère ? »

11

Nous ne savons rien encore. Chaque jour, j'envoie le jardinier chez ma mère pour m'informer de sa santé et savoir si mon frère a donné signe de vie. Depuis une quinzaine, j'ai chaque fois la même réponse :

— L'Honorable dit qu'elle n'est pas malade, mais aux yeux des servantes, elle s'épuise, elle ne peut plus manger. Quant au jeune seigneur, rien encore. Sans aucun doute, c'est pour cette raison qu'elle s'use : l'âme ronge le corps. A son âge on endure mal l'inquiétude.

Oh ! pourquoi mon frère n'écrit-il pas ? J'ai préparé des mets délicats pour ma mère, et les ai mis dans des bols de porcelaine fine. Je les ai envoyés par la main des serviteurs avec ce message :

« Mangez de cette misérable viande, ma mère ; elle est sans goût, mais je l'ai préparée de mes mains. A cause de cela, daignez en prendre un peu. »

On me dit qu'elle y touche, puis dépose ses baguettes. Elle n'arrive pas à délivrer son âme de l'angoisse. Serait-il donc permis à mon frère de tuer sa mère ? Il devrait savoir que les manières peu filiales d'Occident lui sont insupportables. C'est honteux qu'il oublie ainsi son devoir !

Je passe bien des heures à méditer et à réfléchir à la décision que prendra mon frère. Tout d'abord, j'étais certaine qu'il finirait par obéir à notre mère. Il tient d'elle son corps, sa peau, sa chevelure. Peut-il souiller cette sainteté avec une étrangère ?

De plus, on a enseigné à mon frère, dès son plus jeune âge, ce sage précepte du Grand Maître : « Le premier devoir d'un homme est de prêter la plus sérieuse attention au moindre désir de ses parents. » Lorsque mon père reviendra et saura quelles sont les intentions de mon frère, lui aussi y mettra bon ordre. Je me persuadai donc de rester calme.

Je raisonnai ainsi au début. Mais à présent je suis comme un torrent incertain qui détourne ses eaux sur les sables, au-dessous de lui.

C'est mon mari qui, par la force de son amour, me fait douter de la sagesse des vieilles coutumes. Hier soir, il m'a dit d'étranges choses. Je vais vous les raconter. Voici.

Nous étions installés sur l'étroite terrasse de brique qu'il a fait construire au sud de la maison. Notre fils dormait là-haut dans son lit de bambou. Les serviteurs, occupés à leurs affaires, s'étaient retirés. Assise sur le petit banc de porcelaine, je me tenais comme il sied, un peu à distance de mon seigneur, étendu sur une chaise longue de jonc.

Ensemble, nous considérions la pleine lune qui se balançait là-haut dans le ciel. Le vent du soir s'élevait et, au travers du firmament, une procession de nuages blancs tourbillonnaient avec la rapidité de grands oiseaux blancs, tantôt obscurcissant la face de la lune, tantôt la laissant d'une pureté magique. Les nuages filaient si vite qu'il semblait que la lune elle-même courait au-dessus des arbres. Une odeur de pluie imprégnait l'air nocturne. La joie de cette beauté et de cette paix gonfla mon cœur. J'éprouvai soudain un grand contentement de ma vie. Je levai les yeux et j'aperçus mon mari qui me contemplait. Un bonheur exquis et confus tremblait en moi.

— Quelle lune ! dit-il enfin, la voix émue de son propre enchantement. Voulez-vous jouer sur la vieille harpe, Kwei-lan ?

Je le taquinai.

— Selon nos anciens, qui l'ont fabriquée, la harpe a six aversions et sept interdictions, dis-je. Elle ne donne pas sa voix en présence d'un deuil, d'instrument de fête, lorsque le musicien est triste ou indigne, quand l'encens n'a pas été fraîchement allumé, ou devant un auditeur qui manque de sympathie. Si elle ne chante pas ce soir, mon seigneur, laquelle de ces aversions aura agi ?

Il devint grave, disant :

— Non, mon cœur, je me souviens d'un jour où elle refusa de donner sa voix parce que j'étais cette aversion : un auditeur peu sympathique. Mais à présent ? Laissez vos doigts chanter les vieux chants d'amour, les chants des poètes.

Je me levai donc, je pris ma harpe et la posai sur la petite table de pierre à côté de lui, je restai debout et touchai les cordes en me demandant ce que je chanterais. A la fin je choisis ceci :

Frais est le vent d'automne,
Claire est la lune d'automne,
Les feuilles mortes tombent et s'éparpillent ;
Un corbeau frileux s'élance de l'arbre.
Où es-tu mon amour ?
Te verrai-je une fois encore ?
Ah ! mon âme pleure ce soir —
Je suis seule !

Ce triste refrain continua à résonner dans les cordes longtemps après que j'eus cessé de les toucher :

Seule — seule — seule. Le vent s'empara de l'écho et le jardin tout entier s'emplit du son lugubre. Il vibrait étrangement en moi, éveillant ma tristesse, oubliée pendant une heure. C'était la tristesse de ma mère.

Je posai doucement ma main sur les cordes, pour arrêter leur gémissement. Je dis :

— C'est moi, mon seigneur, qui suis l'aversion, ce soir. La musicienne est affligée et la harpe gémit d'elle-même.

— Affligée ?

Il se leva et, s'approchant, il me prit la main.

— C'est ma mère, fis-je tout bas, osant reposer un instant ma tête contre son bras. Elle est malheureuse et son chagrin me parle à travers la harpe. C'est au sujet de mon frère. Je sens qu'elle est inquiète ce soir. Tout est troublé par l'attente de la venue de mon frère. Ma mère n'a que lui à présent. Depuis longtemps il n'y a rien eu entre mon père et elle, et moi-même, je suis d'une autre famille, la vôtre.

Mon mari ne dit rien tout d'abord. Il prit du tabac étranger dans sa poche et l'alluma, ensuite il parla d'une voix calme :

— Il faut vous y préparer. Mieux vaut regarder la vérité en face. Il est probable qu'il n'obéira pas à votre mère.

Je fus effrayée.

— Oh ! pourquoi pensez-vous cela ?

— Et vous, qui vous fait croire qu'il se soumettra ? demanda-t-il à son tour, en soufflant de longues bouffées de fumée.

Je me reculai.

— Non, ne me répondez pas par une question. J'ignore. Je suis malhabile, surtout aux raisonnements. S'il y a une cause sérieuse à ma conviction, c'est qu'on lui a appris que l'obéissance aux parents était le fondement de l'État, et le devoir d'un fils...

Il m'interrompit, d'un coup d'œil :

— Il faut des raisons plus fortes que celles-là, de nos jours ! Les vieilles fondations s'écroulent... se sont écroulées !

Ces paroles me remplirent de doute. Puis, je me rappelai mon secret réconfort, une chose que je n'avais jamais exprimée ; je murmurai ma pensée intime :

— Les étrangères sont si laides, comment un homme de notre race peut-il épouser l'une d'elles ? Leurs compatriotes n'ont pas d'autres ressources, mais...

Je m'arrêtai, car j'avais honte de parler ainsi des hommes devant mon mari. Mais comment l'un d'entre eux pouvait-il désirer une femme dans le genre de celle que nous avons été voir avant la naissance de mon fils : ces yeux clairs et plats, ces cheveux fanés, ces mains et ces pieds si grossiers ? Je connais mon frère. N'est-il pas le fils de mon père, qui a toujours aimé, par-dessus tout au monde, la beauté des femmes !

Mon mari eut un rire bref :

— Ah ! toutes les Chinoises ne sont pas belles, ni toutes les étrangères laides ! La fille de Li, la fiancée de votre frère, n'est pas une beauté, paraît-il. On prétend, dans les maisons de thé, que ses lèvres sont trop larges et recourbées vers le bas comme une faucille à riz.

— Qu'ont les flâneurs des maisons de thé à parler de cela ? m'écriai-je indignée. Elle est une jeune fille respectable, et sa famille est noble.

Il haussa les épaules.

— Je ne fais que répéter ce que j'entends dire, et ce que votre frère a dû savoir aussi, répondit-il.

— Il se peut que ces racontars aient aidé son cœur errant à se fixer sur une autre femme.

Nous gardâmes le silence, un instant.

— Et ces étrangères, poursuivit mon mari en fumant et en rêvassant, sont parfois aussi belles que l'Étoile Blanche ! Des prunelles claires, des corps libres...

Je me retournai, ouvrant de grands yeux sur mon mari. Il continua sans s'en apercevoir :

— Leurs beaux bras nus... Je vous assure qu'elles n'ont ni les modesties artificielles ni la réserve de nos femmes ! Elles sont aussi libres que le soleil et le vent ; avec des rires et des danses, elles vous arrachent le cœur d'un homme et le laissent filer entre leurs doigts, comme un rayon de lumière, et se perdre dans le sol.

Ma respiration s'arrêta un instant. De qui donc parlait mon mari ? Quelle étrangère lui avait enseigné cela ? Je sentis une soudaine et amère colère monter en moi.

— Vous... Vous avez..., balbutiai-je.

Mais il secoua la tête, se moquant un peu de moi.

— Quelle femme vous êtes ! Non. Aucune n'a gaspillé mon cœur ainsi. Je l'ai gardé, d'une manière ou de l'autre, jusqu'à ce que...

Sa voix se fondit en tendresse, mon âme le comprit et je me sentis soulagée.

— Mais ce fut dur ? fis-je tout bas.

— Eh bien, oui, parfois. Nous autres Chinois avons vécu tellement à part. Nos femmes sont pleines de réserve et de modestie. Elles ne révèlent rien. Et pour un jeune homme — votre frère est très jeune —, ces autres, ces étrangères, avec leur belle chair d'une blancheur de cygne, leurs corps exquis, s'offrant dans la danse...

— Chut, mon seigneur, fis-je avec dignité, c'est une causerie d'hommes, je ne l'écouterai pas. Ces gens sont-ils vraiment si peu cultivés et si sauvages qu'on le croirait à vous entendre ?

— Non, répondit-il lentement, c'est en partie parce que leur nation est jeune, et que la jeunesse prend son plaisir crûment. Mais je dis cela parce que votre frère lui aussi est jeune, et qu'il ne faut pas oublier, même si cela vous déplaît de l'entendre, que les lèvres de la fille de Li sont larges et recourbées comme une faucille.

Il sourit de nouveau et se remit à regarder fixement la lune.

Mon mari est un sage. Je ne peux pas rejeter légèrement ses paroles. D'après ce qu'il dit, je commence à croire qu'un charme passager se dégage de la chair dévêtue de ces étrangères. En écoutant mon mari, je me sens troublée à cette idée. Cela me fait songer aux yeux luisants et au rire de mon père avec sa concubine favorite. Je frémis mais ne puis en détourner ma pensée.

Je me mis à considérer les choses. Il est vrai que mon frère est un homme. Son silence persistant est un mauvais symptôme. Depuis son âge tendre il a toujours été d'autant plus muet qu'il se sentait plus résolu. Quand il était enfant, m'a dit Wang Da-ma, si notre mère lui défendait une chose, il se taisait aussitôt, mais s'y cramponnait de plus belle.

En soupirant, je remis la harpe dans son étui de laque. La lune s'était livrée entièrement aux nuages et une légère pluie commençait à tomber. L'humeur de la soirée avait changé. Nous rentrâmes. Je dormis mal.

12

L'aube s'est levée dans un ciel immobile et gris. L'air, lourd encore des récentes chaleurs, est saturé d'humidité. L'enfant s'agite, bien que je ne découvre en lui aucune trace de maladie.

En revenant de chez ma mère, le serviteur m'a appris l'arrivée de mon père. Il paraît que Wang Da-ma a eu le courage de lui faire écrire une lettre par le scribe public, qui se tient aux portes du temple. Elle suppliait humblement mon père de rentrer, parce que les forces de ma mère n'allaient pas en progressant ; jour après jour, elle reste dans sa chambre ; elle ne peut pas manger. Mon père, au reçu de cette lettre, est venu passer quarante-huit heures chez lui.

Je décidai donc d'aller le voir ; j'habillai mon fils en rouge. C'était sa première visite à mon père.

Je le trouvai installé auprès de la pièce d'eau, dans la cour du Poisson rouge. Comme l'air était chaud et que mon père est devenu excessivement gros, il n'avait sur lui que sa veste et des pantalons d'une soie légère, aussi pâle que l'eau sous les saules. Il se faisait éventer par la Deuxième Épouse, dont les joues ruisselaient de sueur à ce travail inaccoutumé, et il tenait sur ses genoux un de ses enfants, habillé en tenue de gala pour son retour.

Lorsque j'entrai dans la cour, mon père tapa des mains en s'écriant :

— Aha ! Aha ! Voici la mère et le fils !

Il déposa son enfant à terre, et fit un signe au mien d'approcher, l'attirant avec une voix douce et des sourires. Je m'inclinai profondément devant mon père ; il me répondit d'un signe de tête, les yeux toujours fixés sur mon fils. Alors je joignis les mains du bébé, et le fis saluer. Mon père était enchanté.

« Aha ! Aha ! » répétait-il tout bas. Il souleva mon fils sur ses genoux, et tâta ses gros bras et ses grosses jambes, souriant de lui voir des yeux largement ouverts et tout étonnés.

— Quel homme ! s'écria-t-il, ravi. Qu'une esclave lui apporte des douceurs ; des bonbons de plaqueminier et des petits gâteaux entrelardés.

J'étais consternée. Mon fils a dix dents au plus, comment mangerait-il des bonbons de plaqueminier ?

— Oh ! mon père honoré, suppliai-je, considérez son âge si tendre, son petit estomac n'a jamais reçu d'aliments solides, je vous en prie.

Mais mon père m'imposa silence d'un geste de la main, et se mit à parler à mon fils. Je fus bien obligée de me soumettre.

— Mais tu es un homme ! Ta mère te nourrit-elle encore de bouillies ? Ma fille, moi aussi, j'ai eu des fils, beaucoup de fils, quatre ou cinq, je crois ! Je ne m'en souviens pas. En tout cas, j'en sais plus long que toi, la mère d'un seul, même comme celui-ci. (Il roula un gros rire, et ajouta :) Ah ! si seulement mon fils, ton frère, m'en donnait un semblable, de la fille de Li, pour révérer mes vieux os !

Puisqu'il mentionnait mon frère, je m'enhardis à demander :

— Mais s'il épouse une étrangère, mon père ? C'est cette crainte qui consume l'âme de ma mère, si bien que son corps s'affaiblit de jour en jour.

— Pst ! C'est impossible ! répondit-il d'un ton léger. Comment se marierait-il sans mon consentement ? Ce ne serait pas légal. Ta mère s'agite inutilement dans cette affaire. Je lui ai dit, ce matin même : « Cessez de vous tourmenter vainement. Permettez à ce garçon de s'amuser avec son étrangère. Il a vingt-quatre ans, et son sang le sollicite. Ce n'est rien ; à son âge, j'aimais trois chanteuses. Laissez-le prendre son plaisir. Quand il s'en fatiguera — dans une ou deux lunes, mettons quatre ou cinq peut-être, s'il s'agit véritablement d'une beauté, mais je ne m'attends guère à cela — il se décidera d'autant plus volontiers à son mariage. Peut-on supposer qu'il va vivre pendant quatre ans comme un moine, même en terre étrangère ? Là-bas, les femmes sont bien comme les autres. » Mais ta mère a toujours été incompréhensible. Dès le début, on la sentait ainsi possédée par une étrange véhémence. Non, je ne dis rien contre elle, c'est une sage, et entre ses mains, mon or et mon argent ne seront jamais gaspillés, je ne me plains nullement. Elle ne me houspille pas avec sa langue, à la manière de beaucoup de femmes. A vrai dire, je le souhaiterais parfois, plutôt que de rencontrer ce silence qui m'a toujours déconcerté, même dans les commencements. Oh ! cette fois-ci, il s'agit d'une bagatelle sans importance. Nul n'arrive à comprendre les caprices des femmes ! Depuis sa jeunesse, elle a eu ce défaut : une gravité trop intense pour être agréable dans l'existence quotidienne. Son cerveau s'empare de quelque idée ou d'un devoir imaginaire, qui devient alors sa vraie vie. C'est très éprouvant...

Il s'interrompit ; je ne l'avais jamais vu irrité à ce point. Prenant l'éventail des mains de la Deuxième Épouse, il s'éventa vivement. Il posa mon fils à terre et parut l'oublier. Puis il reprit, presque sur un ton de colère :

— Et maintenant elle s'est mis cette bizarre chimère de femme en tête ; comme si notre petit-fils devait nécessairement naître de la première union de notre fils, et être ainsi favorisé du ciel. Quelle notion superstitieuse ! Ah ! les femmes sont obstinées ! Et les meilleures d'entre elles restent ignorantes, cloîtrées, hors du monde.

Il ferma les yeux, et s'éventa quelques instants en silence. Son irritation tomba, et l'habituelle expression de bonne humeur souriante et paisible revint sur son visage. Il ouvrit les yeux et bourra mon fils de gâteaux, en disant :

— Mange, mon petit. Que signifie tout cela ? Il ne faut pas s'inquiéter, ma fille. Un fils peut-il désobéir à son père et vivre ? Je ne m'en fais nul souci !

Je n'étais pas satisfaite, malgré tout, et après un silence je me sentis forcée de lui dire encore ceci :

— Songez, mon père, s'il refuse d'épouser sa fiancée ! J'ai entendu dire qu'en ces temps nouveaux...

Mais mon père ne voulut rien savoir. Il agita légèrement sa main et sourit.

— Refuser ! Je n'ai vu nulle part qu'un fils pouvait dire non à son père. Calme-toi, ma fille. Dans un an d'ici, il aura procréé un fils selon la loi, par la fille de Li. Un gamin dans ton genre, mon petit homme.

Et il tapota la joue de mon fils.

Je répétai à mon mari les paroles de mon père. Il m'écouta et répondit d'un air pensif :

— L'ennui dans tout cela, c'est que l'étrangère refusera sans doute une situation subalterne. Ce n'est pas l'habitude dans leur pays qu'un homme prenne une Deuxième Épouse.

Je n'avais aucune réponse prête. L'idée de songer à elle, ou à ce qu'elle pourrait penser de nos coutumes, ne m'était pas venue. Puisqu'elle avait réussi à séduire mon frère, cela devait lui suffire. Je ne m'étais préoccupée que de ce dernier et de son devoir envers ses parents.

— Vous voulez dire qu'elle s'attend à être toute sa vie l'unique femme de mon frère ? demandai-je.

Je me sentais assez indignée. Comment prétendait-elle interdire ce qui, en somme, était le strict droit de mon frère, selon les lois de son pays ? Ce serait exiger de lui plus que ma mère honorée n'en avait réclamé de mon père. Je dis cela à mon mari, et conclus ainsi :

— La chose me paraît très simple. Si elle épouse un homme de notre race, elle doit lui accorder sa liberté habituelle. Elle ne peut pas nous amener ici ses modes étrangères.

Mon mari me considéra avec un singulier sourire. Il me rendait perplexe. Enfin il parla :

— Supposons que je dise que je vais prendre une petite femme — que j'ai envie d'avoir une concubine ?

Quelque chose de froid vint me frapper, comme si on me lançait de la neige sur la poitrine nue. Je murmurai :

— Oh non, mon seigneur, vous ne le pourriez pas... Pas à présent ! Je vous ai donné un fils !

Il bondit sur ses pieds, et je sentis son bras m'entourer les épaules ; il murmura :

— Non, non, mon petit cœur, ce n'est pas ce que je veux dire... Je ne le voudrais... ni ne le pourrais... Je vous assure.

Mais ses premières paroles avaient été trop brusques. Ce sont celles que bien des femmes redoutent, et pourtant auxquelles elles doivent s'attendre ; seulement moi, je n'y songeais pas, puisqu'il m'aime. Et maintenant, sans m'avertir, il m'enfonce au cœur toute l'angoisse de ma mère, les affres de cent générations de femmes qui ont aimé leur seigneur et perdu ses faveurs. J'éclatai en sanglots convulsifs, impossibles à maîtriser.

Mon mari me réconfortait, me tenant les mains, et disant tout bas... Mais je ne peux pas vous répéter ses paroles, ma sœur, même redites entre nous, elles me feraient rougir. Je me sens confuse en y songeant : c'était l'amour, rendu si exquis que mes larmes cessèrent. J'étais consolée.

Après un moment de silence, il me demanda :

— Pourquoi pleuriez-vous ?

Je sentis le sang me monter aux joues et je penchai la tête. Il me la releva, insistant :

— Pourquoi, mais pourquoi donc ?

Et comme toujours en réponse à ses questions, la vérité vint à mes lèvres :

— Parce que mon seigneur habite mon âme, balbutiai-je, il la remplit entièrement, et je voudrais...

Ma voix se tut d'elle-même. Il me répondit du regard, puis ajouta, très bas, et très tendrement :

— Et si elle aime votre frère de cette manière-là ? Sa nature ne diffère pas de celle des autres femmes, parce qu'il lui arrive d'être née de l'autre côté des mers occidentales. Vous êtes toutes les deux des femmes qui vous ressemblez dans vos âmes et dans vos désirs.

Je n'avais pas songé à elle ainsi. Je m'aperçois que je n'avais rien compris. C'est toujours mon mari qui m'instruit.

Oh ! J'ai peur ! J'ai peur ! Je commence à y voir plus clair. Que deviendrons-nous si cet amour existe entre mon frère et l'étrangère ?

13

Nous avons reçu une lettre de mon frère ! Il nous a écrit, à mon mari et à moi, nous suppliant de lui venir en aide. Il m'implore pour que j'intercède auprès de nos parents. Puis il parle d'elle, de l'étrangère. Il a des mots fulgurants pour décrire sa beauté. Il la compare à un pin recouvert de neige.

Et alors, ma sœur, il ajoute qu'il s'est marié avec elle, selon les lois de son pays, là-bas. Il nous la ramène, puisque ma mère le réclame, et nous adjure de les aider, comme si sa vie même était en cause, car ils s'aiment.

Je suis vaincue. A cause de ce qui existe entre mon mari et moi, je suis complètement retournée. Je ne peux plus écouter ma mère. Je ne songe pas à sa tristesse. J'oublie la désobéissance de mon frère. Il n'avait que ce moyen de me persuader : si elle l'aime comme j'aime mon seigneur, je ne puis rien leur refuser.

J'irai trouver ma mère.

Trois jours se sont écoulés, ma sœur, depuis que j'ai abordé ma mère. Je me suis préparée en toute humilité à me présenter chez elle.

A l'avance j'avais choisi mes mots comme un prétendant choisit des bijoux pour sa fiancée. Je suis entrée seule dans sa chambre et je me suis tenue devant elle. J'ai parlé avec finesse et persuasion.

Elle n'a rien compris. Rien, ma sœur ! Nous nous sentons loin l'une de l'autre. Au fond, elle m'accuse de fraterniser en silence avec l'étrangère et de prendre le parti de mon frère contre elle. Ma mère a beau ne pas me dire ces choses, je sens qu'elle les pense. Elle n'écoute aucune de mes explications.

Et cependant, avec quel soin j'avais préparé mon discours ! Je me disais en moi-même :

« Je vais éveiller les souvenirs de son mariage, de ces premiers jours d'amour de mon père, au moment de la grande beauté de ma mère, dans sa jeunesse. »

Mais les mots sont des moules trop raides pour contenir l'essence spirituelle de l'amour. Autant emprisonner un nuage rose dans un vase de fer, ou chercher à peindre un papillon avec un dur pinceau de bambou. Lorsque je parlai en hésitant, à cause de la délicatesse du sujet, de ce charme d'amour entre les êtres jeunes, de cette harmonie secrète qui lie deux cœurs sans qu'ils s'en doutent, ma mère devint méprisante :

— Rien de tout cela n'existe entre un homme et une femme, fit-elle, hautaine. C'est simplement la convoitise. Ne cherche pas d'expressions poétiques pour la décrire. C'est le désir. Le désir de la femme chez l'homme. Le désir de l'enfant chez la femme. Une fois satisfait il n'en reste rien.

J'essayai de nouveau :

— Vous vous rappelez bien, ma mère, au moment de vos noces avec mon père, comme vos âmes conversaient ?

Mais elle frappa mes lèvres de ses doigts brûlants :

— Qu'il ne soit pas question de lui ! Il a eu cent femmes dans son cœur. A laquelle son âme a-t-elle parlé ?

— Et votre cœur à vous, ma mère ? fis-je doucement.

Je m'emparai de sa main. Elle me la laissa un instant ; je la sentais frémir dans la mienne, puis elle la retira :

— Mon cœur est vide, dit-elle. Il attend mon petit-fils, le fils de mon fils. Quand on l'aura tenu devant les tablettes sacrées de ses ancêtres, je pourrai mourir en paix.

Elle se détourna de moi, et refusa de prononcer un mot de plus.

Je revins très triste. Qu'est-ce donc qui me sépare de ma mère ? Nous crions tout haut, mais nous ne nous entendons pas. Nous parlons, mais sans nous comprendre. Je suis changée et c'est l'amour, je le sais, qui m'a transformée.

Je suis comme un pont fragile, reliant à travers l'infini le passé et le présent. Je serre la main maternelle. Je ne peux pas la laisser échapper, car sans moi ma mère serait seule. Mais mon mari tient les miennes, il les tient solidement. Je ne pourrai jamais laisser fuir l'amour.

Et l'avenir alors, ma sœur, que sera-t-il ?

Je passe mes jours dans l'attente. Je crois rêver, toujours le même rêve : sur une mer bleue, vogue un bateau blanc ; il s'avance comme un grand oiseau vers la rive ; si je le pouvais, j'étendrais la main jusqu'au milieu de l'océan pour le retenir et l'empêcher de jamais aborder. Sans cela, je me demande comment mon frère sera heureux, car, actuellement, il n'y a pas de place pour lui sous le toit de mon père.

Mes mains sont trop faibles pour arrêter les événements. Je me borne à des songes, sans rien voir clairement. Seul mon fils, avec ses sourires et le balbutiement de ses premiers mots, parvient à éloigner de moi l'obsession du navire. Je garde l'enfant à mes côtés tout le jour, mais la nuit je m'éveille environnée du fracas des vagues. Heure par heure le bateau file vers nous, sans qu'on puisse enrayer son approche.

Comment les choses se passeront-elles quand mon frère amènera sa femme ? Tant d'étrangeté m'effraie. Je suis muette en cette période d'attente. Je ne sens ni bonheur ni malheur, simplement cette attente !

Dans sept jours, dit mon mari, le vaisseau blanc atteindra le port à l'embouchure du fleuve, le grand Fils de la Mer qui coule dans la cité devant la porte du Nord. Mon mari s'étonne de ce que je me cramponne à ces heures, avec le désir de les allonger et de reculer dans l'avenir la venue du huitième jour. Je ne peux pas lui expliquer, en paroles, ma crainte de l'inconnu qui se prépare.

Il est homme, comment comprendrait-il le cœur de ma mère ? Je ne puis oublier combien elle redoute l'arrivée de mon frère. Je ne suis pas retournée chez elle. Nous n'avons rien à nous dire, en ce moment. Mais je pense à elle et à sa solitude.

Je n'oublie pas mon frère pour cela, ni celle qu'il aime. Je suis arrachée de-ci, de-là, comme un frêle prunier ballotté par un vent trop violent auquel il ne peut résister.

14

Je n'ai pas pu attendre votre heure de loisir, ma sœur, je suis venue à pied. J'ai laissé mon fils, le jetant entre les bras de sa bonne, sans prendre garde à ses cris, lorsqu'il m'a vue partir. Non. Pas de thé ! Il faut que je revienne immédiatement. Je suis seulement accourue pour vous prévenir.

Ils sont arrivés ! Mon frère et l'étrangère sont là, depuis deux heures. Ils ont mangé avec nous. Je l'ai regardée, je l'ai entendue, mais je ne comprends rien de ce qu'elle dit. Elle est si bizarre que, malgré moi, mes yeux se fixent sur elle.

Nous déjeunions quand ils sont entrés. Le portier s'est précipité devant nous ; haletant, sans presque s'arrêter pour saluer, il a dit :

— Un homme est à la porte avec une personne comme je n'en ai jamais vu ! Elle est grande comme un homme, mais son visage ressemble à celui d'une femme.

Mon mari me regarda et posa ses baguettes.

— Ce sont eux, dit-il tranquillement, en réponse à mon regard surpris.

Il alla lui-même à la porte, et les ramena aussitôt dans la maison. Je me levai pour les accueillir, mais quand j'aperçus la haute silhouette de l'étrangère, mes paroles restèrent dans ma bouche. Je vis à peine mon frère. Je n'avais conscience que de sa présence à elle, de sa grande taille, mince, dans une sorte de robe bleu foncé qui tombait toute droite au-dessous des genoux.

Mais mon mari n'éprouvait aucune confusion. Il les pria de s'asseoir à notre table, et demanda du thé et du riz. Je ne disais rien, je ne faisais que la regarder.

Même à présent je ne peux que dire et redire : « Que ferons-nous de cette étrangère ? Comment pourra-t-elle entrer dans notre vie ? »

J'oublie que mon frère l'aime. L'étonnement de la voir ici, dans ma maison, me rend confuse. C'est un rêve qu'on sent passager même pendant qu'il dure, car son invraisemblance lui enlève toute réalité.

Vous me demandez à quoi elle ressemble ? Je ne sais trop comment vous l'expliquer, bien que — je vous l'ai dit — je n'aie fait autre chose que la dévisager depuis qu'elle a passé notre porte. Laissez-moi réfléchir.

Elle est plus grande que mon frère. Ses cheveux sont coupés. Mais au lieu d'être harmonieusement lissés autour de ses oreilles, on les dirait soufflés par les quatre vents, et ils sont fauves, de la teinte du vin d'os de tigre[1]. Ses yeux ressemblent à la mer sous un ciel de tempête et elle ne sourit pas aisément.

En la voyant, je me suis tout de suite demandé : est-elle belle ? Mais non. Ses sourcils, au lieu d'avoir cet arc délicat en antenne de phalène que nous admirons chez nos femmes, sont lourdement marqués et sombres, au-dessus de ses yeux réfléchis. A côté de la sienne, la figure de mon frère paraît très jeune, l'ossature plus fine, le modelé des joues bien arrondi. Cependant elle n'a que vingt ans, quatre ans de moins que lui.

Si l'on mettait leurs mains à côté l'une de l'autre, en masquant leurs corps, je croirais que c'est mon frère qui a celles d'une femme, car elles sont douces et leur chair a une teinte olive. Comparée à moi, l'étrangère a de gros poignets, et ses os ressortent sous la peau tendue. Quand elle m'a serré la main, j'ai senti sa paume noueuse et dure contre la mienne.

1. 1. Vin dans lequel on fait macérer des os de tigre et des peaux de serpents. *(N.d.T.)*

Je le mentionnai à mon mari, après déjeuner, lorsque nous fûmes seuls un instant. Il prétend que c'est la marque d'un jeu appelé tennis, auquel les étrangères jouent avec leurs hommes, pour les amuser, je suppose. Les femmes occidentales ont une bien bizarre façon de se faire aimer.

Ses pieds dépassent d'au moins deux pouces ceux de mon frère. Que cela doit les gêner tous les deux !

Mon frère est vêtu en Occidental et il m'est étranger sous bien des rapports. Il a des mouvements rapides et il est agité. Je cherche en vain à retrouver en lui cette jeunesse argentée, cette grâce penchée du jeune homme qu'il était. A présent, il redresse la tête et, lorsqu'il est silencieux, son visage devient grave. Il ne porte ni bague ni ornements, sauf au quatrième doigt d'une main, un simple anneau d'or tout uni, sans la moindre pierre incrustée. Le costume foncé et raide de l'Ouest accentue la pâleur du teint.

Mon frère s'assied même à la mode de là-bas, un genou croisé sur l'autre. Il parle sans effort la langue de sa femme quand il s'adresse à elle ou à mon mari. Les mots roulent de leur bouche avec un bruit de cailloux heurtant le roc.

Il est entièrement transformé ; jusqu'à ses yeux qu'il n'abaisse plus et qui, vifs et sans crainte, regardent hardiment et bien en face la personne à qui il parle. Il a de drôles de lunettes, un mélange d'une sorte d'écaille foncée et d'or, qui le vieillissent.

Mais ses lèvres sont encore celles de notre mère : minces, fines, serrées l'une contre l'autre à l'état de repos. Sur elles seules, je retrouve les traces de ce vieil entêtement d'enfant qui apparaissaient chaque fois qu'on lui refusait ce qu'il désirait. A cela j'ai reconnu mon frère.

Moi et mon fils nous sommes, je crois, les seuls Chinois présents. Eux se tiennent dans notre maison, accoutrés de leurs étranges vêtements et parlant leur langue bizarre. Moi et mon fils, nous ne les comprenons pas.

Ils doivent rester chez nous jusqu'à ce que notre père et notre mère les reçoivent. Quand ma mère apprendra que je leur ai permis d'habiter ici, elle sera outrée que mon toit soit si peu filial. Je tremble. Cependant je dois agir selon le désir de mon mari. Et après tout, ne s'agit-il pas de mon frère, du fils de ma mère ?

Lorsque nous sommes tous assis, à manger le riz, elle ne peut pas se servir de baguettes. Je ris dans ma manche, car elle tient les bâtons plus maladroitement que mon fils avec ses toutes petites mains. Elle les serre, et fronce les sourcils dans son effort pour apprendre. Mais elle n'est pas exercée aux choses délicates. Elle ne sait rien.

Sa voix ne ressemble à aucune voix de femme que j'aie jamais entendue. Nous aimons les timbres légers et doux, comme le tintement d'un ruisselet qui s'égoutte entre deux roches, ou comme le pépiement des petits oiseaux dans les joncs. Mais elle a une voix profonde et pleine, qu'elle fait rarement entendre, si bien qu'on s'arrête pour l'écouter. C'est le son riche du chant de la grive des moissons, au printemps, lorsque le riz attend d'être mis en gerbes. Quand elle parle à mon frère ou à mon mari, les mots tombent en phrases rapides. Elle ne s'adresse jamais à moi, car nous ne pouvons nous comprendre.

Deux fois elle a souri ; un sourire bref et lumineux, qui part de ses yeux, semblable à un éclair de soleil argenté frappant des eaux maussades. Alors je saisis ce qu'elle veut me dire : « Serons-nous amies ? » Et nous nous regardons, hésitantes.

Je réponds en moi-même : « Nous verrons cela quand je vous aurai présenté mon fils. »

J'ai mis à l'enfant son paletot de soie rouge, ses culottes vertes et, aux pieds, des souliers brodés de fleurs de cerisier. Sur sa tête, j'ai enfoncé son chapeau sans couronne, cerclé de petits bouddhas d'or, et j'enfilai sa chaîne d'argent autour de son cou.

Ainsi vêtu, on eût dit un véritable prince, et je le conduisis à l'étrangère. Il se tint debout devant elle, jambes écartées, la dévisageant d'un air étonné. Je le priai de saluer. Réunissant ses deux petites mains, il s'inclina, et l'effort le fit trébucher.

Elle le regardait avec un sourire ; lorsqu'il salua, elle rit tout haut ; un rire sur une note basse, comme frappée par une cloche profonde. Puis elle cria un mot inconnu très suave, souleva mon fils et le serra contre elle en appuyant ses lèvres sur son cou, si doux.

Le chapeau tomba, et l'étrangère me regarda par-dessus la tête rasée de l'enfant. Et quel regard, ma sœur ! Ses yeux disaient : « J'en voudrais un tout pareil ! »

Et je lui souris : « Nous serons amies. »

Je crois que je commence à comprendre pourquoi mon frère l'aime.

Le cinquième jour est passé, depuis leur arrivée. Ils ne se sont pas encore présentés à mes parents. Mon mari et mon frère passent des heures ensemble, dans des conciliabules inquiets, en langue occidentale. J'ignore ce qu'ils ont décidé. On doit en tout cas agir avec lenteur. Pendant ce temps, j'observe l'étrangère.

Si vous me demandez ce que j'en pense, je serai bien en peine de vous le dire. Elle est certainement différente de nos femmes. Aucun de ses mouvements ne sent la contrainte ; ils sont libres et pleins d'une grâce rapide. Son regard direct n'a peur de rien. Ses yeux recherchent ceux de mon frère sans la moindre timidité. Elle écoute parler les hommes, les interrompt d'un mot vif, et ils se mettent à rire. Elle est aussi habituée à eux que l'était la Quatrième Épouse.

Et cependant ce n'est pas la même chose. Sous la hardiesse que lui donnait sa beauté en présence des hommes, la Quatrième Epouse me semblait dissimuler un certain effroi. Elle devait redouter, même au moment de son plus grand triomphe, l'heure où cette beauté la quitterait peu à peu, et où il ne lui resterait plus rien pour attirer les cœurs.

Cette étrangère n'a aucun souci d'elle-même. Bien qu'elle soit moins jolie que la concubine, elle ne se trouble pas. Elle accepte comme son dû l'intérêt qu'elle éveille et ne fait aucun effort pour attirer les regards. Elle semble dire : « C'est moi, je suis telle que vous me voyez. Je ne tiens pas à être autrement. »

Je la crois très fière. En tout cas, elle semble étrangement indifférente à toutes les difficultés qu'elle nous amène dans la famille. Elle joue paresseusement avec mon fils, lit des livres — dont elle a apporté des caisses entières —, écrit des lettres, et quelles lettres ! J'ai vu, par-dessus son épaule, la page couverte de grandes marques étalées, accrochées les unes aux autres. Impossible d'y rien reconnaître. Mais ce qu'elle préfère à tout, c'est rester assise dans le jardin, oisive, à rêvasser. Je ne lui ai jamais vu de broderie entre les mains.

Un matin de bonne heure, elle est sortie avec mon frère. Ils sont rentrés à midi, poussiéreux et souillés de terre. Très surprise, je demandai à mon mari où ils avaient bien pu aller pour rentrer dans cet état.

— Ils ont été faire ce que les Occidentaux appellent une balade, m'a-t-il répondu.

— Qu'est-ce que c'est ? fis-je, extrêmement intriguée.

— Une longue et rapide promenade vers un point éloigné. Aujourd'hui, ils ont gravi la montagne Pourpre.

— Pourquoi donc ?

— Ils considèrent cela comme un plaisir, me dit-il.

C'est bizarre ! Ici, même une fille de ferme trouverait dur de marcher si longtemps. Quand j'en fis la remarque à mon frère, il me répondit :

— Ma femme a eu dans son pays une vie très libre, elle se sent emprisonnée dans ce petit jardin, derrière ces hautes murailles.

J'étais très étonnée de cela. Notre existence, il me semble, peut être considérée comme tout à fait moderne, et libérée des vieilles contraintes. Le mur du jardin ne sert qu'à préserver notre vie privée. Il ne serait pas convenable qu'un vendeur de légumes, ou un marchand de bonbons ambulant, puisse nous voir en passant. Je songeais à part moi : « Que deviendra-t-elle dans les cours ?

Mais je n'en dis mot.

Elle montre franchement son amour pour mon frère.

Hier soir, nous étions au jardin, jouissant de la fraîcheur nocturne. J'avais pris ma place habituelle, sur le banc de porcelaine, un peu à l'écart des hommes. L'étrangère vint me rejoindre, et s'assit sur la petite balustrade en brique qui entoure la terrasse. De l'air à demi souriant qu'elle a adopté avec moi, elle me désigna du doigt un objet après l'autre, dans la pénombre, et me demanda le nom de chacun, le redisant ensuite. Elle apprend vite, et n'oublie jamais, quand elle a bien compris. Elle répéta plusieurs fois les syllabes, goûtant les intonations, et riant un peu lorsque je la corrigeais timidement. Nous nous amusions ainsi, tandis que mon mari et mon frère causaient ensemble.

Mais quand la nuit tomba, et que nous ne pûmes plus distinguer les arbres, les fleurs ni les pierres, elle s'agita et, silencieuse, tourna ses regards vers mon frère. A la fin, elle se leva brusquement, et alla vers lui de son pas balancé ; le léger tissu de sa robe blanche voltigeait autour d'elle comme un brouillard. Elle se mit à rire, lui dit quelques mots tout bas, et s'arrêtant, lui prit ouvertement la main.

Je détournai les yeux.

Lorsque je hasardai de nouveau un coup d'œil dans leur direction, sous prétexte d'interroger le vent, je la vis pelotonnée à terre, sur les briques de la terrasse, tout contre la chaise de son mari, une joue appuyée contre sa main à lui. J'eus un grand élan de commisération pour mon frère. Il devait se sentir honteux de cette manifestation passionnée de la part d'une femme, mais je ne pus distinguer ses traits dans l'obscurité. Toute conversation avait cessé ; on n'entendait à travers le jardin que les sourdes pulsations du murmure des insectes d'été. Je me levai et me retirai.

Lorsque mon mari me rejoignit quelques instants plus tard, je remarquai :

— Elle manque de décence, cette étrangère.

Mais il se mit à rire.

— Oh ! non. A vos yeux seulement, petit être de porcelaine.

L'indignation me mordit et je me tournai vers lui :

— Aimeriez-vous que je m'accroche à votre main en public ? lui demandai-je.

Il rit de nouveau, les yeux fixés sur moi :

— Non, mais si vous vous permettiez semblable chose, c'est alors que ce serait réellement indécent.

Je m'aperçus qu'il se moquait de moi, mais j'ignorais pourquoi, et n'ajoutai rien de plus.

Cette liberté d'allure m'est incompréhensible. Et cependant, c'est curieux, quand j'y réfléchis je n'y découvre aucune mauvaise signification. Elle avoue son amour pour mon frère aussi simplement qu'un enfant recherche son compagnon de jeux. Il n'y a rien en elle de subtil ni de caché. Combien c'est étrange ! Cela ne ressemble pas à nos femmes.

Elle est comme la fleur de l'oranger sauvage, pure et piquante, mais sans arôme.

Ils sont enfin tombés d'accord sur la marche à suivre. Elle mettra une robe chinoise et, ensemble, ils aborderont les Vénérés. Mon frère lui a appris la vraie manière de s'incliner devant eux. Je dois les précéder et présenter les dons.

La nuit, je ne puis dormir en songeant à cette heure-là. Mes lèvres sont sèches, et quand je veux les humecter, ma langue, au fond de ma bouche, est aussi desséchée. Mon mari s'efforce de m'encourager par des rires et des paroles hardies, mais, dès qu'il me laisse, j'ai peur de nouveau. Je prends ouvertement parti contre ma mère, moi qui, de ma vie, n'ai discuté ses volontés.

D'où me vient le courage d'agir de la sorte ? J'ai toujours été une créature timide et, livrée à moi-même, je n'aurais vu que du mal à tout cela. Même à présent, je lis clairement dans le cœur de ma mère, et si j'étais seule, je trouverais qu'elle a raison, selon les traditions de notre peuple.

C'est mon mari qui a opéré en moi ce changement, si bien que j'ose, en dépit de ma frayeur, plaider contre mes ancêtres en faveur de l'amour. Mais je tremble.

Il n'y a que l'étrangère, parmi nous, qui soit calme.

15

Aujourd'hui, je suis lasse et épuisée. Dans mon cœur, on dirait qu'une corde de harpe, trop tendue pendant plusieurs jours, vient soudain de se relâcher, si bien que toute musique est morte en moi.

L'heure redoutée est passée ! Non, ma sœur, je ne vous dirai rien du résultat. Je vous raconterai l'affaire par le menu, et vous jugerez vous-même. Quant à ma personne... mais je ne veux pas commencer par la fin.

Nous envoyâmes donc le messager à nos parents pour leur transmettre notre requête, les priant de nous permettre de nous présenter devant eux le lendemain vers midi. Il revint, disant que notre père était parti pour Tien-tsin, dès qu'il avait appris l'arrivée de mon frère. Il évitait ainsi le moment délicat. Il a toujours su esquiver les décisions de cette façon-là ! Ma mère nous recevrait à sa place, mon frère et moi, à midi. Aucune mention n'était faite de l'étrangère, mais mon frère s'écria :

— Si j'y vais, ma femme viendra aussi !

J'entrai donc la première le lendemain, précédée de la servante portant les dons. Mon frère les avait choisis dans les pays étrangers ; de jolies choses curieuses, rarement vues dans notre cité : une petite pendule dans le ventre d'un enfant doré, le tout haut de six pouces ; une montre habilement sertie de joyaux, pour mettre au bras ; une machine qui parle et crie quand on la remonte avec une poignée ; une lumière qui se renouvelle sans feu, quelque temps qu'elle reste allumée ; un éventail de plumes d'autruche, blanc comme une chute de fleurs de poirier.

Je me présentai devant notre mère avec les dons. Elle nous avait fait dire qu'elle nous recevrait dans la salle des invités. Elle s'y tenait à mon entrée, assise dans le fauteuil massif de bois sombre sculpté, à la droite de la table, sous le portrait de l'empereur Ming, toute vêtue de satin noir brodé, les cheveux ornés de bijoux d'or. Ses mains étaient chargées de bagues d'or incrustées de rubis et de topazes, pierres en harmonie avec la dignité de l'âge. Elle s'appuyait sur sa canne d'ébène et d'argent. Je ne l'avais jamais vue plus majestueuse.

Mais je la connaissais bien, et j'examinai de près sa figure, pour me rendre compte de son réel état de santé. Mon cœur vacilla. Le noir des vêtements ne faisait qu'accentuer la maigreur transparente du visage, si émacié que les lèvres prenaient déjà un peu des courbes rigides de la mort elle-même. Les yeux, élargis, étaient enfoncés et douloureux comme ceux des grands malades. Les bagues pendaient sur ses doigts et s'entrechoquaient avec un léger son musical lorsqu'elle les remuait. J'avais bien envie de demander à ma mère comment elle se sentait ; mais je n'osais pas, sachant qu'elle en serait contrariée. S'étant donné du courage pour cette entrevue, elle avait besoin de ses forces.

Alors, puisqu'elle me recevait sans prononcer une parole, je me contentai de lui présenter chaque objet, les prenant un à un des mains de la servante, et les plaçant devant elle. D'une grave inclinaison de la tête, elle les accepta, puis, sans les regarder, fit signe à une de ses servantes, debout près d'elle, de les porter dans une autre pièce. Ce consentement m'enhardit quelque peu. Eût-elle refusé les présents, cela signifiait, dans le langage des offrandes, que mon frère, lui aussi, était repoussé. Je lui annonçai donc :

— Ma mère honorée, votre fils est là, qui attend votre bon plaisir.

— Cela m'a été dit, dit-elle froidement.

— Il a amené l'étrangère, hasardai-je faiblement, car mieux valait tout de suite l'instruire du pire.

Mais, au-dedans de moi, je sentais mon esprit défaillir. Elle garda le silence. Je ne découvris rien dans son visage impassible.

— Peuvent-ils approcher ? demandai-je, désespérément.

— Qu'il vienne, lui, répondit-elle, du même ton glacé.

J'hésitai, ne sachant comment poursuivre. L'étrangère n'était-elle pas alors même sur le seuil ? Je me dirigeai vers la porte où ils attendaient et, écartant le rideau, je répétai à mon frère les paroles de ma mère, ajoutant qu'il ferait mieux de venir seul d'abord.

Son visage s'assombrit, prit l'expression dont je me souvenais, lorsque, dans son enfance, quelque chose lui avait déplu. Il parla à l'étrangère dans sa langue ; elle leva les sourcils, haussa un peu une épaule, puis attendit, calme et indifférente. Brusquement, mon frère s'empara de sa main et pénétra avec elle dans la pièce, sans que j'eusse le temps de les arrêter.

Quelle étrange créature pour entrer ainsi dans la salle de nos ancêtres ! Je restai accrochée au rideau, à demi fascinée à cette vue. La première personne d'un sang étranger à franchir ce seuil ! Rien que d'y songer, l'étonnement clouait mon regard sur elle au point que, l'espace d'une seconde, j'en oubliai ma mère.

J'avais beau sentir, dans une vague inconscience, combien ma mère serait aussitôt refroidie par ce refus de mon frère de se présenter seul, qui lui ferait perdre jusqu'au désir si naturel de revoir son fils, j'étais absorbée par l'étrangeté de la scène.

Mon frère avait choisi pour sa femme des vêtements de notre pays ; un paletot de soie d'un bleu éteint, lourd et moelleux, légèrement brodé d'argent. La jupe de satin noir, complètement unie, formait des plis droits. Aux pieds, il lui avait fait mettre des souliers de velours noir, sans ornements. Sa peau paraissait très blanche ; par contraste avec ces couleurs sombres, elle prenait l'éclat des perles sous la lune, et ses cheveux flamboyaient, jaunes, autour de son visage. Ses yeux avaient le bleu des cieux d'orage, fulgurants, et ses lèvres s'abaissaient, calmes et fières. Elle entra, droite, hautaine, la tête rejetée en arrière. Son regard croisa celui de ma mère, sans crainte et sans sourire.

Je pressai mes mains sur ma bouche pour réprimer un cri. Pourquoi mon frère ne lui avait-il pas expliqué qu'elle devait se présenter devant une personne âgée en baissant les yeux ? Je déplorai, pour lui, ce maintien si altier. Elle apparaissait là, comme la reine régnante, rendant visite à l'impératrice douairière.

Ma mère regarda fixement l'étrangère. Leurs yeux se rencontrèrent et, à l'instant même, elles se déclarèrent ennemies. Ma mère détourna fièrement son regard et contempla l'espace au-delà de la porte ouverte.

D'une voix ferme l'étrangère dit quelques mots à mon frère ; je sus plus tard qu'elle lui demandait : « Dois-je m'agenouiller, à présent ? »

Il fit un signe de tête affirmatif et, ensemble, ils s'agenouillèrent devant notre mère, puis mon frère prononça les paroles qu'il avait préparées d'avance :

— Très Ancienne et Honorable, me voici revenu des contrées lointaines pour me retrouver, selon votre ordre, en la bonne présence de mes parents, moi, votre fils indigne. Je me réjouis de ce que notre mère ait jugé bon d'accepter nos inutiles présents. Je dis nous, car j'ai amené ma femme, dont il a été question dans une lettre, écrite de la main de mon ami. Elle vient, pour être la belle-fille de ma mère. Bien qu'un sang étranger coule dans ses veines, elle me prie de dire à notre honorable mère que depuis qu'elle m'a épousé, son cœur est devenu chinois. Elle adopte volontairement la race et les coutumes de notre famille, renonçant à la sienne. Ses fils seront entièrement de notre Céleste Nation, citoyens de la brillante République, et héritiers de l'empire du Milieu. Elle vous rend hommage.

Il se tourna vers l'étrangère, qui attendait tranquillement tandis qu'il parlait, et lui fit signe. Avec une dignité rare, elle se courba, son front touchant le sol, aux pieds de ma mère. Trois fois, elle répéta son salut, puis ensemble, ils s'inclinèrent trois fois encore ; ensuite ils se relevèrent et se tinrent debout, aux ordres de ma mère.

Elle ne prononça pas une parole. Durant toute la scène, son regard resta fixé sur les espaces découverts des cours, de l'autre côté de la porte. Elle demeura ainsi, plusieurs instants, gardant le silence, hautaine et rigide.

Je crois qu'au fond, elle se sentait troublée par l'audace de mon frère qui, bien que ma mère eût réclamé sa présence à lui seul, avait osé lui désobéir et amener l'étrangère. Je m'imagine qu'elle cherchait comment agir à cette heure critique. C'est pour cela qu'elle ne disait rien. Une plaque rouge se montra sur ses joues, et je vis battre un muscle à sa mâchoire délicate. Mais, dans son maintien superbe, aucun signe de confusion ne parut.

Assise, les mains jointes sur le pommeau d'argent de sa canne, le regard de ma mère passait au-dessus des deux jeunes gens, sans fléchir. Eux attendaient toujours. Le silence de la salle devint lourd de cette attente.

Soudain, on ne sait quoi rompit la sévérité d'expression de ma mère. Son visage s'altéra. La couleur en disparut aussi vite qu'elle y était venue. Ses joues prirent une teinte de cendre. Une main retomba, molle, sur ses genoux, ses yeux s'abaissèrent, incertains, vers le sol, ses épaules s'affaissèrent, et elle se recroquevilla dans son fauteuil. Très vite, et faiblement, elle balbutia :

— Mon fils... mon fils... tu es toujours le bienvenu... dans ta demeure. Plus tard, je parlerai... à présent il faut se retirer.

Mon frère leva les yeux vers elle, interrogeant son visage. Moins clairvoyant que moi, il s'aperçut tout de même que quelque chose n'allait pas. Il se tourna vers moi. Je vis qu'il désirait parler encore à ma mère, lui reprocher sa froideur. Je craignis pour elle, et secouai la tête. Il dit un mot à l'étrangère et, après s'être inclinés, ils sortirent.

Lorsque je m'élançai vers ma mère, elle me repoussa du regard. J'avais le grand désir d'implorer son pardon, mais n'eus pas la permission de prononcer une parole. Une douleur secrète l'épuisait visiblement ; et je dus m'en aller. Je saluai et me détournai lentement. De la cour, je jetai un regard en arrière, et je la vis se diriger lentement vers ses appartements, appuyée de tout son poids sur deux esclaves.

Avec un soupir, je rentrai chez moi. J'ai beau y réfléchir, je ne peux rien augurer de l'avenir.

Quant à ces deux êtres, mon frère et l'étrangère, qui sont en train de briser le cœur de ma mère, ils ont été se promener tout le reste de la journée. Lorsqu'ils sont rentrés, à la nuit, nous n'avons rien dit.

16

Vous vous êtes absentée bien longtemps, ma sœur. Trente jours ! Il y a presque quarante jours que je ne vous ai vue. Une lune entière et davantage. Le voyage a-t-il été paisible ? Je remercie les dieux que vous soyez de retour.

Oui, mon fils va bien. Il dit tout, à présent, et sa voix gazouille le long du jour, comme un ruisseau qui coule. Il ne se tait qu'en dormant. Quel doux babil ! Ses mots estropiés nous font rire, mais nous devons nous garder de le laisser paraître. Un simple sourire, surpris par lui, le met en colère ; il tape du pied, sentant que nous nous moquons de lui. Il se prend pour un homme. Il faut le voir marcher à côté de son père dont il veut égaler l'allure rapide en allongeant ses grosses jambes.

Vous demandez ?... Ah ! oui, au sujet de la femme de mon frère ! Et je réponds par un soupir. Les choses ne vont pas.

Oui. Ils sont encore ici, à attendre. Rien n'est décidé. Mon frère s'agite à voir les jours se succéder sans amener aucune décision. Il s'est pénétré de l'impatience de l'Ouest et veut que ses désirs soient immédiatement satisfaits. Il a oublié que, dans notre pays, la durée ne compte pas et que le destin peut demeurer inconnu, même après la mort. Ici, aucune hâte n'arrive à précipiter le temps. Mais vous allez savoir.

Après leur visite à ma mère, s'écoula d'abord un cycle de

jours — huit longues journées ! Nous attendions. Pas un mot ne vint. Au début, mon frère espérait un message, à chaque heure. Il s'opposait à ce que l'étrangère déballât les grandes malles qu'ils ont apportées. Il s'écriait :

— C'est inutile, pour si peu de temps !

Son attitude était instable. Tantôt il partait d'un brusque rire bruyant, à propos de rien ; gai un instant et, le moment d'après, silencieux, il ne prêtait pas la moindre attention à ce qu'on lui disait. Il semblait sans cesse écouter une voix ou un son, que les autres, dans la pièce, ne pouvaient entendre.

Mais lorsque les jours passèrent sans apporter aucune nouvelle, mon frère devint irritable ; son rire facile disparut. Il revivait, dans son esprit, cette heure qu'il avait passée en face de ma mère ; il en parlait sans cesse. Tantôt, il blâmait l'étrangère de son manque d'humilité, ou accusait notre mère de son attitude hautaine ; tantôt, il donnait raison à sa femme, trouvant qu'en effet, par ces temps de république, il était fou de se prosterner devant qui que ce fût. Quand j'entendis cela, je demandai, étonnée :

— Notre mère n'est-elle donc plus notre mère depuis que nous sommes en république ?

Mais, impatient et vexé, il n'écoutait rien de ce qu'on disait.

Je dois me montrer juste envers l'étrangère. Elle n'avait pas manifesté de réelle objection à s'incliner devant ma mère. On me répéta ses paroles : « Si c'est la coutume chez vous, je le ferai, bien que cela me semble un peu stupide de se courber ainsi devant quelqu'un. »

Elle était calme, beaucoup plus calme que mon frère, et plus confiante en l'avenir. Elle ne pensait qu'à son mari et à la manière dont elle pourrait lui rendre le bonheur. Parfois, lorsqu'elle le voyait en colère, elle l'entraînait au jardin ou au-delà des grilles.

Un jour, de ma fenêtre, je les vis au jardin. Elle lui parlait très sérieusement et, à la fin, comme il s'obstinait à regarder à terre d'un air lugubre sans répondre, elle passa doucement sa main le long de sa joue, avec une expression demi-souriante et un peu malicieuse. Je ne sais pas ce qu'elle lui disait quand ils étaient seuls, mais ensuite mon frère paraissait mieux, plus tranquille, bien que la tension de l'attente se fît encore sentir.

Elle ne l'enjôlait pas toujours ainsi. Quelquefois elle se bornait à secouer les épaules, légèrement, d'une manière bien à elle, et le laissait à lui-même. Mais ses yeux le suivaient, avec cette expression profonde qu'ils ont quand elle le regarde ! S'il ne venait pas à elle, elle se retirait, et passait son temps à apprendre notre langue et à jouer avec mon fils, qu'elle aime et à qui elle parle avec des mots inconnus.

Elle a commencé à apprendre un peu de musique avec moi, sur l'ancienne harpe, et bientôt elle a pu s'accompagner elle-même. Sa voix est pleine et émouvante, dans sa profondeur, bien qu'à nos oreilles habituées aux délicates notes hautes de la voix humaine, elle paraisse à la fois rude et douce. Elle impressionne mon frère avec ses chants, éveillant aussitôt sa passion. Et, lorsque je l'écoute, j'ai beau ne pas comprendre les paroles, je sens en moi une peine vague et obscure.

Le messager de ma mère ne venant toujours pas, l'étrangère sembla n'y plus songer et tourna son esprit vers d'autres sujets. Elle allait chaque jour faire de longues promenades, seule ou avec mon frère. Je m'étonnais qu'il lui permît de sortir sans être accompagnée. C'est évidemment peu correct pour une femme, mais il n'en dit rien, et elle rentre en racontant ce qu'elle a vu dans les rues, s'étonnant de choses que d'autres n'auraient même pas remarquées, découvrant de la beauté en d'étranges endroits. Je me souviens d'un certain jour où elle revint avec son sourire si vif, semblant jouir d'une chose amusante qu'elle était seule à connaître. Lorsque mon frère la questionna, elle lui répondit dans sa langue à elle, et il nous traduisit ses paroles :

— J'ai contemplé la beauté de la terre qui a donné son grain. Dans le magasin de la rue principale, on a exposé des petits paniers de vannerie brune, remplis de grains de couleur merveilleuse : du maïs jaune, des haricots rouges, des pois secs gris, du sésame ivoire, des fèves pâles, de la couleur du miel, du blé roux, des haricots verts... Je passe toujours lentement devant cet étalage. Quel pastel je ferais, si je pouvais y tremper mon crayon !

Je ne comprenais pas ce qu'elle voulait dire. Mais elle est ainsi, vivant en elle-même, voyant de la beauté où d'autres n'en trouvent point. Je n'avais jamais songé à un magasin de graines dans ce sens-là. Il est certain que ces graines sont multicolores, mais c'est naturel. Personne n'y a rien changé. Pourquoi s'en étonner, puisque cela a toujours été ainsi ? Pour nous, cette boutique est simplement un endroit où l'on achète de la nourriture.

Mais elle remarque tout, avec ses yeux étranges, bien qu'elle fasse peu de réflexions sur les choses ; elle se borne à poser des questions et à réfléchir sur nos réponses.

Vivant avec elle, jour après jour, je me prends à l'aimer ; j'arrive même à trouver parfois une certaine beauté à ses airs bizarres et à ses manières. Elle a beaucoup de fierté à sa façon. Dans son attitude, elle se montre absolument franche et sans contrainte.

Même à l'égard de mon frère, son mari, elle n'est jamais humble. Chose curieuse, il ne supporterait pas cela d'une femme chinoise et, chez elle, il semble en éprouver une joie mêlée de souffrance qui avive son amour. Quand il trouve qu'elle s'absorbe trop dans ses études ou ses lectures, ou reste trop longtemps auprès de mon fils, il s'agite, lui lance des coups d'œil, lui parle. Si elle continue à ne pas faire attention à lui, il sort de ses méditations, vient auprès d'elle et elle le conquiert de nouveau. Je n'ai jamais rien vu de semblable à cet amour.

Le jour parut enfin — je crois que ce fut le vingt-deuxième après la présentation — où ma mère réclama mon frère et demanda qu'il vînt seul. La lettre était écrite en termes affectueux, tendres même ; nous nous mîmes tous à espérer. Mon frère partit aussitôt, et je restai seule avec l'étrangère à l'attendre.

Au bout d'une heure, il revint à grandes enjambées. Passant par la porte d'entrée, il nous rejoignit dans la pièce où nous nous tenions. Il était furieux, le visage maussade, et ne cessait de répéter qu'il se séparerait définitivement de ses parents. Il était difficile de comprendre exactement ce qui s'était passé, d'après ses paroles. Plus tard, en les rapprochant de notre mieux, nous pûmes découvrir un peu de ce qui avait eu lieu.

Il semble qu'il soit allé trouver ma mère avec des sentiments de tendresse et un esprit de conciliation. Mais dès le début, elle ne voulut rien céder. Elle commença par invoquer sa mauvaise santé. « Avant longtemps, les dieux me transporteront dans un autre cycle d'existence », avait-elle dit ; et il en fut ému.

— Je vous en prie, ma mère, supplia-t-il, vous avez encore une vie à vivre dans vos petits-enfants.

Il regretta aussitôt de lui avoir suggéré cette idée.

— Des petits-enfants, répéta-t-elle doucement. Ah ! mon fils ! D'où me viendraient-ils, sinon de tes flancs ? Et la fille de Li, ma belle-fille, attend, toujours vierge.

Puis, mettant de côté les phrases de politesse, elle vint droit au but et le mit en demeure d'épouser sa fiancée ; elle voulait un petit-fils avant sa mort. Il répondit qu'il était déjà marié. Elle lui déclara, en colère, qu'elle n'admettrait jamais l'étrangère comme sa femme.

Voilà tout ce que nous pûmes comprendre. J'ignore ce qui se passa ensuite.

Mais Wang Da-ma, la fidèle servante, me raconta qu'écoutant derrière le rideau, elle entendit brusquement voler des propos irrités, de ces mots qu'on ne doit pas prononcer entre mère et fils, comme de rapides coups de tonnerre dans le ciel. Wang Da-ma prétend que mon frère montra de la patience jusqu'à ce que ma mère l'eût menacé de le déshériter. Il répondit alors amèrement :

— Et les dieux vous donneront-ils un autre fils, pour que vous me rejetiez ? Enrichiront-ils votre sein à cet âge avancé ; ou vous abaisserez-vous jusqu'à adopter l'enfant d'une concubine ?

Quelles paroles malsonnantes, vraiment, de la part d'un fils !

Il s'était élancé ensuite hors de la pièce, et avait traversé précipitamment les cours en maudissant ses ancêtres. Après son départ, il y eut un grand silence dans la chambre. Puis Wang Da-ma entendit un gémissement ; elle entra en grande hâte. Ma mère se tut aussitôt, se mordit les lèvres et pria simplement la servante de l'aider à se mettre au lit.

C'est une honte que mon frère ait parlé ainsi à sa mère. Je ne lui trouve aucune excuse. Il aurait dû considérer son âge et sa position. Il ne pense qu'à lui-même.

Oh ! parfois, je déteste l'étrangère qui tient si complètement le cœur de mon frère dans le creux de sa main !

J'avais un grand désir d'aller aussitôt trouver ma mère, mais mon frère me pria d'attendre son appel. Mon mari aussi m'ordonna de rester, sans quoi j'aurais l'air de me mettre contre mon frère, ce qui ne serait pas courtois pendant qu'il mange notre riz. Je n'ai d'autre ressource que la patience. Maigre pitance pour un cœur anxieux.

Et voilà où nous en sommes.

Hier je fus heureuse de voir arriver Mme Liu. Nous avions passé une journée pénible, en songeant à la veille et à la fureur de ma mère contre mon frère.

Mon frère avait erré dans les pièces, regardant par la fenêtre, sans parler à personne. S'il prenait un livre, il le rejetait aussitôt et en choisissait un autre qui avait le même sort.

L'étrangère le considéra un moment, puis penchée sur un petit livre à elle, elle se réfugia dans ses pensées. Je m'occupai de mon fils pour ne pas être obligée de rester près d'eux. Mais le poids de la déception se faisait si lourdement sentir dans toute la maison que la gaieté de mon mari, rentrant à l'heure du riz, dissipa à peine la tristesse de mon frère et le silence de l'étrangère.

Quand Mme Liu vint nous trouver dans le courant de l'après-midi, ce fut comme une brise fraîche soufflant à travers la chaleur maussade d'une journée d'été.

La femme de mon frère, assise, semblait rêver sur son livre, qu'elle tenait d'une main indifférente. Elle regarda fixement Mme Liu. Nous n'avions reçu aucune visite depuis l'arrivée de mon frère... Nos amis connaissent notre position difficile, et se sont abstenus par délicatesse. Nous-mêmes ne faisions aucune invitation, ne sachant comment présenter l'étrangère. Par égard pour mon frère, je l'appelle sa femme, et cependant elle n'aura de position légale que lorsqu'elle sera admise par mon père et ma mère.

Mais Mme Liu ne se troubla pas. Elle saisit la main de l'étrangère et bientôt elle causaient ensemble, très naturellement. Je les entendis même rire. Je ne comprenais rien à ce qu'elles disaient, car elles parlaient anglais. L'étrangère, soudain, sortit de sa torpeur, et je l'observai, surprise de ce changement. On croirait qu'il y a en elle deux personnes : l'une silencieuse, lointaine, même un peu taciturne, l'autre très gaie, mais d'une gaieté trop forcée pour être de la vraie joie. Mme Liu me déplut un moment, car elle semblait n'avoir aucun souci de nos embarras. Pourtant, en s'en allant, elle me pressa la main et me dit dans notre langue :

— Je suis désolée, c'est dur pour tout le monde.

Puis, se retournant, elle adressa à l'étrangère quelques mots qui, subitement, amenèrent des larmes brillantes dans ses yeux bleu foncé. Nous restions toutes les trois à nous regarder, chacune hésitant à parler, lorsque, sans prévenir, la jeune femme se détourna et sortit vivement de la pièce. Mme Liu la suivit du regard, une douce pitié se peignait sur son visage.

— C'est très dur pour tout le monde, répéta-t-elle. Cela marche-t-il bien entre eux deux ?

Puisqu'elle est aussi franche que mon mari, je répondis simplement :

— Il y a de l'amour entre mon frère et elle, mais ma mère se meurt de déception. Vous savez combien elle est frêle, même à ses meilleures heures, à présent que l'âge vient.

Mme Liu soupira et secoua la tête :

— Je sais. Ah ! oui, je vois cela souvent. Ce sont des jours cruels pour les vieux ; aucun compromis n'est possible entre eux et les jeunes ; ils sont aussi nettement divisés que si un couperet neuf avait tranché la branche d'un arbre.

— C'est très mal, murmurai-je.

— Non, ce n'est pas mal, répondit-elle, mais seulement inévitable. La chose la plus triste du monde.

Tandis qu'impuissants nous attendions un signal, je ne pouvais oublier ma mère. Je réfléchissais aux paroles de Mme Liu, disant combien notre époque était pénible pour les gens âgés. Cherchant à me consoler, je décidai d'emmener mon fils voir les parents de son père. Eux aussi sont vieux et insatisfaits !

Mon cœur s'attendrissait sur tous les vieillards. J'habillai mon fils dans le long manteau de satin, pareil à celui de son père. A son premier anniversaire, nous lui avions acheté un chapeau d'homme en velours noir, surmonté d'un bouton rouge. Je le lui mis sur la tête, puis, avec un pinceau trempé de vermillon, je touchai son menton, ses joues et son front. Lorsqu'il fut prêt, il était si beau que je craignis la colère des dieux, comme s'il était trop admirable pour cette terre.

Sa grand-mère fut du même avis, et ses joues rondes tremblaient de rire et de joie quand elle le souleva contre elle et qu'elle respira sa jeune chair parfumée. Elle répétait sans cesse, dans une sorte d'extase :

— Ah ! mon petit ! Ah ! le fils de mon fils !

J'étais remuée par son émotion, et me reprochais de ne pas lui avoir amené l'enfant plus souvent. Je ne pouvais pas regretter de l'avoir gardé pour nous. Cela faisait partie de cet inévitable dont parlait Mme Liu, mais je plaignais ceux qui devaient vieillir sans jouir de sa présence continuelle. Je souriais donc en voyant la vieille dame adorer mon fils. Puis elle le regarda de plus près et, appuyant les mains sur les joues de l'enfant, elle lui fit tourner la figure de côté et d'autre, en disant vivement :

— Mais qu'est cela ? Vous n'avez donc rien fait pour le protéger des dieux ? Quelle négligence !

Et elle appela une esclave :

— Apportez-moi une boucle d'oreille en or et une aiguille, s'écria-t-elle.

J'avais déjà songé que j'aurais dû percer l'oreille gauche de mon fils et y suspendre un anneau d'or afin de tromper les dieux et leur faire croire que l'enfant était une fille, dont ils n'avaient cure. C'est un ancien rite qui écarte d'un premier-né une mort prématurée. Seulement vous savez combien sa chair est tendre ! La mienne recule, souffre de sa douleur, même à présent, bien que je n'ose discuter la sagesse de ma belle-mère.

Mais lorsqu'elle eut appuyé l'aiguille sur le lobe de sa petite oreille, mon fils se mit à crier. Ses yeux s'agrandissaient de frayeur et les coins de sa bouche s'abaissèrent, si bien que sa grand-mère n'osa persister et réclama un fil de soie rouge avec lequel elle suspendit l'anneau sans percer l'oreille. L'enfant se mit à sourire, et son sourire unit nos deux cœurs.

Voyant la place que tient mon fils auprès de sa grand-mère, je revins, comprenant mieux le chagrin de ma mère. C'est son petit-fils, encore à naître, qui est le fruit de sa vie.

Mais je suis heureuse d'avoir réjoui le cœur de la grand-mère de mon fils. Je me sens un peu soulagée de mon souci envers les vieillards.

Les dieux sont satisfaits de ce que j'aie rempli mes devoirs filiaux en conduisant l'enfant, hier, à la mère de son père, car ce matin, un messager est venu nous apporter une lettre de ma mère. Elle était adressée à mon frère, passait sous silence leurs paroles courroucées, et lui ordonnait simplement de revenir chez lui. Ma mère ajoutait qu'elle ne prendrait aucune mesure au sujet de l'étrangère. La décision finale n'était pas de son ressort ; elle appartenait à notre père et aux hommes du clan.

En attendant, mon frère pouvait l'amener avec lui ; elle habiterait dans les cours extérieures, car il serait malséant qu'elle se mêlât aux concubines et aux enfants. La lettre ne disait rien de plus.

Ce revirement d'esprit chez ma mère nous étonna tous. Mon frère se montra aussitôt rempli d'espoir. Il s'écria plusieurs fois, en souriant :

— J'étais bien sûr qu'elle finirait par modifier son attitude. Après tout, je suis son fils unique !

Quand je lui rappelai que ma mère n'avait nullement accepté l'étrangère, il répondit :

— Une fois qu'elle sera dans la place, tout le monde l'aimera !

Je ne dis rien, craignant de le décourager, mais au fond de moi-même, je sais que nous autres, Chinoises, n'aimons pas facilement les femmes d'ailleurs. Il est plus que probable qu'on songera à la fille de Li qui attend la consommation de son mariage.

Je questionnai en secret le messager de ma mère, et j'appris que, la nuit précédente, elle avait été très malade, si bien qu'ils avaient tous eu peur de la voir passer dans le domaine des morts. Des prières furent récitées, on appela les prêtres. Un mieux survint et le matin, miraculeusement, elle se sentit assez bien pour écrire la lettre de sa propre main.

Je compris tout de suite ce qui avait eu lieu. En voyant approcher la mort, ma mère redouta que son fils ne revînt jamais à sa demeure ni au sentiment du devoir. Elle forma le vœu de le rappeler, si les dieux lui accordaient la vie.

Mon cœur souffrait pour elle de cette humiliation ; j'avais envie d'aller vers elle aussitôt, mais mon mari me retint :

— Attendez. Elle n'a de forces que pour une chose à la fois. Quand on est faible, on trouve la sympathie elle-même trop lourde à supporter.

Je me contins donc et aidai la femme de mon frère à faire ses malles. Si j'avais su parler aisément sa langue, je lui aurais dit : « Souvenez-vous qu'elle est âgée et malade et que vous lui avez retiré tout ce qu'elle possédait... »

Mais je ne peux rien dire, car notre conversation est brisée par des mots incompris.

Aujourd'hui, mon frère et sa femme ont déménagé dans la demeure ancestrale. Ils vivront dans les vieilles pièces où mon frère a passé son enfance. Elle n'aura pas la permission de dormir, de manger, ni de s'attarder dans les appartements des femmes. Ainsi, ma mère refuse encore de l'accepter.

Maintenant qu'ils sont partis, je suis heureuse de me retrouver seule avec mon mari et mon fils. Cependant, un peu de vie a quitté la maison. Il semble que le vent d'Ouest soit tombé au coucher du soleil, laissant derrière lui un calme un peu mort.

Je songe à eux, et me les représente seuls ensemble dans les chambres d'autrefois. Je disais, hier soir, à mon mari :

— Que sortira-t-il de tout ce tourment ?

Il secoua la tête d'un air de doute :

— Sous un même toit, les vieux et les jeunes, c'est le fer heurtant le silex. Qui peut dire lequel écrasera l'autre ?

— Et qu'arrivera-t-il ?

— Une flamme quelconque en jaillira, répondit-il gravement. Je plains votre frère. Aucun homme n'est capable de demeurer impassible entre deux femmes altières, l'une vieille, l'autre jeune, et qui, toutes les deux, l'aiment éperdument.

Il prit notre fils sur ses genoux et le contempla d'un air pensif. Je ne sais ce qu'il avait dans l'esprit. L'enfant souleva innocemment la boucle de cheveux qui retombait sur son oreille, et montra l'anneau accroché par sa grand-mère :

— Vois, Da-Da.

Aussitôt mon frère et sa femme furent oubliés, mon mari me lança un regard soupçonneux et plein de reproches :

— Kwei-lan, que signifie ceci ? Je croyais que nous en avions fini de ces stupides superstitions ?

— Votre mère le lui a mis, balbutiai-je, et je n'ai pas eu le courage...

— C'est ridicule ! s'écria-t-il. Il faut que nous songions

d'abord à l'enfant. Nous ne devons pas lui inculquer de pareilles idées.

Et, prenant un canif dans sa poche, il coupa soigneusement le fil de soie qui retenait l'anneau, puis, se penchant, il lança le tout par la fenêtre, dans le jardin. Lorsque l'enfant se mit à bouder, il lui dit en riant :

— Tu es un homme comme moi ! Regarde, je ne porte pas d'anneau dans mon oreille comme une femme. Nous sommes des hommes. Nous n'avons pas peur des dieux.

Et l'enfant sourit à ces paroles joyeuses.

Mais dans l'obscurité de la nuit, j'y songeai avec un peu de crainte. La vieillesse peut-elle avoir constamment tort ? Et si, tout de même, les dieux existaient ? Je ne voudrais rien négliger pour mon fils. Ah ! comme je comprends ma mère.

17

Je passai une vingtaine de jours sans aller voir ma mère. Je me sentais lasse, un peu souffrante, et quand je pensais à elle et à mon frère, la confusion augmentait dans mon esprit. En songeant à mon mari, mon cœur penchait du côté de mon frère, mais il s'élançait vers ma mère lorsque je tenais mon fils dans mes bras.

Je ne recevais d'elle aucun appel et, si j'avais passé outre, je n'aurais pas su comment la saluer, ni expliquer ma venue.

Mais, souvent seule dans la maison tranquille — vous savez combien le père de mon fils travaille, tout le jour, et jusqu'à la nuit — je réfléchissais et imaginais bien des choses.

Comment l'étrangère passait-elle les longues journées languissantes ? Ma mère l'avait-elle revue ? Lui avait-elle parlé ? Je savais que les esclaves et les concubines excitées se cacheraient dans les coins pour l'épier ; que les servantes prétexteraient le thé de mon frère à aller chercher, ou ceci ou cela, afin de la voir, et que, dans les cuisines, il ne serait question que d'elle, de ses manières, de son apparence, de ses attitudes et de sa façon de parler, et qu'on finirait toujours par blâmer sa présence et plaindre la fille de Li.

Enfin, mon frère vint me voir. Je brodais une paire de souliers à mon fils, un matin — vous savez que le festival du Clair Printemps aura lieu dans sept jours —, subitement, la porte s'ouvrit et mon frère entra sans s'être fait annoncer. Il portait un costume chinois et, depuis son retour, je ne l'avais jamais vu ressembler autant à ce qu'il était dans sa jeunesse. Mais son visage paraissait grave. Il s'assit et, sans saluer, se mit à parler, comme s'il continuait une conversation interrompue.

— Ne viendras-tu pas, Kwei-lan ? Ma mère est très faible et je la crois malade. Sa volonté seule demeure aussi ferme que jamais. Elle a décrété que, pendant un an, ma femme devrait mener la vie d'une Chinoise dans les cours, et nous essayons de nous conformer à son désir. Mais c'est vouloir mettre un loriot en cage ! Viens, et amène l'enfant.

Il se leva et, agité, arpenta la pièce. Devant son trouble, je lui promis de faire ce qu'il désirait.

Ce même jour, j'allai donc voir ma mère. J'espérais m'arrêter chez la femme de mon frère en traversant les cours, mais je craignis que ma mère ne s'aperçût que je ne venais pas uniquement pour elle-même. J'étais décidée aussi à ne mentionner l'étrangère que si j'y étais encouragée.

J'allai directement trouver ma mère sans m'attarder dans les cours ; pourtant, dès mon entrée dans le quartier des femmes, la Deuxième Épouse parut sur le seuil de la porte en forme de lune, derrière un laurier-rose, et m'appela par signes. Je me contentai de saluer et passai chez ma mère.

Mes salutations terminées, nous nous entretînmes de mon fils, puis je m'armai de courage et regardai ma mère. Contrairement à l'opinion de mon frère, elle me fit l'impression d'être mieux ou, plutôt, moins malade que je ne l'avais craint. Je ne m'informai pas de sa santé, sachant que ces questions l'irriteraient, bien qu'elle ne manquât jamais d'y répondre avec courtoisie. Je demandai :

— Trouvez-vous votre fils, mon frère, changé par ces années au loin ?

Elle leva légèrement ses sourcils allongés.

— Je ne lui ai guère parlé de choses importantes. La question de son mariage avec la fille de Li, bien entendu, ne sera réglée qu'à l'arrivée de son père. Mais je le retrouve un peu, depuis que je lui ai fait dire de porter son costume habituel en rentrant chez lui. Je n'étais pas contente de voir les jambes de mon fils dans des pantalons comme ceux des porteurs d'eau.

Puisqu'elle avait parlé de mariage, j'affectai l'indifférence, et dis en examinant le dessin de ma robe :

— Et quel effet vous a produit l'étrangère aux yeux bleus ?

Je sentis que ma mère se raidissait, mais elle toussa seulement et répondit d'un air détaché :

— Quant à celle-là, l'étrangère qui vit dans les cours, je ne sais rien d'elle. Fatiguée par les supplications de ton frère qui voudrait que je la reçoive, je lui ai fait demander une fois de venir préparer mon thé. Mais j'ai constaté qu'il m'était impossible de supporter ses mains maladroites et son apparence barbare. Elle s'est montrée très gauche dans ses mouvements avec moi. Je m'aperçois qu'on ne lui a jamais appris l'attitude à tenir à l'égard d'une personne âgée. Je tâcherai de ne pas la revoir. Je suis plus heureuse quand je veux oublier tout cela et ne me souvenir que du retour de mon fils sous le toit ancestral.

Mon frère ne m'avait pas dit que notre mère avait fait appeler sa femme pour lui donner son thé. J'en fus surprise, car c'était un fait important. Mais en y réfléchissant, et sentant combien l'étrangère avait déplu à notre mère, je compris son silence. Je me souvenais de l'angoisse de mon frère et, avec beaucoup d'audace, je demandai encore :

— Puis-je inviter l'étrangère à venir passer une heure dans ma pauvre maison, puisqu'elle est inconnue ici ?

Ma mère répondit froidement :

— Non, tu en as fait assez. Je ne lui permettrai pas de franchir le grand portail tant qu'elle demeurera chez moi. Si elle doit y vivre, il faut qu'elle apprenne la réclusion qui convient à une dame. Je n'ai aucune envie que la cité entière jase. Je m'aperçois que cette jeune femme n'admet ni lois ni contrainte ; elle doit être surveillée ; ne me parle plus d'elle.

Le reste de notre conversation roula volontairement sur

des faits insignifiants : la salaison des légumes pour les servantes ; l'augmentation du prix des étoffes destinées aux enfants ; les promesses des boutures de chrysanthèmes qu'on venait de planter et qui devaient fleurir en automne. Je fis donc mes adieux, et me retirai.

En traversant les petites portes, je rencontrai mon frère. Il se dirigeait vers la loge du grand portail sous prétexte de demander un renseignement au concierge, mais je compris tout de suite qu'il désirait m'y attendre. En m'approchant, je m'aperçus de son changement. L'expression de vigueur, de volonté, qui lui donnait à mes yeux l'aspect d'un étranger, avait fait place à un air ahuri, inquiet. Dans sa robe chinoise, la tête penchée, il semblait redevenir l'écolier à la mine un peu obstinée qu'il était jadis, avant son départ.

— Comment est ta femme ? demandai-je avant qu'il n'eût rien dit.

Ses lèvres tremblèrent, il les humecta de sa langue.

— Pas bien. Oh ! ma sœur ! Nous ne pourrons plus supporter cette vie longtemps. Il faudra que je fasse quelque chose. M'en aller, trouver du travail...

Il s'interrompit, et j'en profitai pour le presser de prendre patience avant de se décider à rompre. C'était beaucoup déjà que notre mère permît à l'étrangère de venir à l'intérieur des cours. Et un an est vite passé ! Mais il secoua la tête.

— Ma femme elle-même commence à désespérer, fit-il lourdement. Elle n'avait pas perdu courage avant de venir ici. A présent, elle décline de jour en jour. Notre nourriture lui déplaît, et je ne peux pas lui en procurer de son pays. Elle ne mange rien. Elle est habituée à la liberté et aux hommages, chez elle. On l'admirait, et beaucoup d'hommes l'ont aimée. Je me sentais fier de l'emporter sur eux tous. Je pensais que cela prouvait la supériorité de notre race. Maintenant, ma femme est comme une fleur coupée qu'on aurait mise dans un vase d'argent sans lui donner d'eau. Jour après jour, elle reste assise, muette, et ses yeux brûlent dans son visage de plus en plus pâle.

Je m'étonnai de voir mon frère considérer comme une vertu chez une femme d'être aimée de plusieurs hommes. Ici ce ne serait un compliment que pour une courtisane. Comment l'étrangère pourrait-elle jamais espérer devenir l'une de nous ? Mais les paroles de mon frère firent naître une idée dans mon esprit.

— Désire-t-elle retourner parmi les siens ? demandai-je avec empressement.

J'entrevoyais là une solution. Si elle partait et si les mers étaient de nouveau entre eux, mon frère, qui n'est qu'un homme après tout, cesserait de penser à elle, et reviendrait à son devoir. Mais je n'oublierai pas de longtemps le regard fulgurant qu'il me lança dans son courroux.

— Si elle part, je la suis, dit-il, avec une soudaine violence ; et si elle meurt ici, dans ma maison, je cesse à jamais d'être le fils de mes parents !

Je lui reprochai doucement ses paroles, si peu filiales, quand, à ma surprise, il se retourna avec un dur sanglot, et partit précipitamment.

Je restai là, perplexe, regardant sa silhouette courbée disparaître dans cette autre cour où il vivait. Puis, je le suivis en hésitant, et redoutant un peu ma mère.

J'allai voir l'étrangère. Agitée, elle arpentait la cour intérieure de l'appartement de mon frère. Elle avait repris ses vêtements occidentaux ; et portait une robe droite, bleu foncé, dont l'encolure découpée laissait voir son cou blanc. Elle tenait un livre ouvert à la main. Les pages étaient couvertes de courtes lignes de lettres occidentales placées par petits groupes au milieu de la feuille.

Tout en lisant, elle marchait, les sourcils froncés, mais quand elle me vit, un sourire transforma son visage, et elle attendit, immobile, que je fusse à son côté. Nous prononçâmes quelques mots, des paroles banales. Elle sait s'exprimer à présent, lorsqu'il s'agit de choses simples. Je refusai d'entrer dans la maison, disant que je devais retourner auprès de l'enfant. Elle en fut fâchée. Je mentionnai l'ancien genévrier de la cour. Elle m'expliqua qu'elle faisait un jouet à mon fils avec de l'étoffe bourrée d'ouate. Je la remerciai ; il ne nous restait plus rien à nous dire. J'attendis un peu, puis commençai mes adieux. Je souffrais d'une peine indéfinissable, parce que les mers nous séparent, et que je ne peux aider ni mon frère ni ma mère.

Mais lorsque je me détournai pour partir, elle saisit brusquement ma main et la serra. Je la regardai et vis qu'elle chassait les larmes de ses yeux, d'un rapide mouvement de tête. Je fus saisie de pitié et murmurai une promesse de revenir bientôt, ne sachant que dire de plus. Ses lèvres tremblaient lorsqu'elle essaya de sourire.

Une lune s'écoula ainsi. Puis mon père revint. Chose assez curieuse, il témoigna énormément d'intérêt à la femme de mon frère et la prit en affection. Wang Da-ma dit qu'il avait à peine passé le grand portail qu'il s'informa déjà si mon frère avait amené l'étrangère avec lui. Alors, il changea ses robes, et fit annoncer à mon frère qu'il irait le voir dans ses appartements, dès qu'il aurait mangé.

Il entra, suave et souriant, accepta les hommages de mon frère et demanda à voir l'étrangère. Lorsqu'elle parut, il rit beaucoup, l'examina, et fit très librement des remarques sur son apparence.

— Elle est assez belle à sa manière, fit-il avec grande bienveillance. Bon, bon, c'est une chose nouvelle dans la famille. Et sait-elle parler notre langue ?

Ce sans-gêne déplut à mon frère et il répondit brièvement qu'elle y travaillait. Mon père rit immodérément et s'écria :

— Tant pis ! tant pis ! Les mots d'amour doivent paraître tout aussi doux prononcés en langue étrangère — heh — heh — heh !

Il riait si fort que son gros corps en était tout secoué.

Elle ne comprenait qu'à moitié ce que disait mon père. Avec sa voix riche, épaisse, il parlait, comme toujours, d'un ton léger, mais son amabilité la réconfortait, et mon frère ne pouvait guère lui expliquer que mon père lui manquait de respect.

On me dit qu'il va souvent la voir et plaisante avec elle ;

il la dévisage librement et lui apprend des mots, des expressions nouvelles. Il lui a envoyé des friandises et même, une fois, un citronnier nain dans un pot vert, flammé. Mais mon frère s'arrange de manière à être présent à toutes ces rencontres.

Elle est comme une enfant ; elle ne comprend rien du tout.

Je suis retournée hier chez la femme de mon frère, après avoir salué ma mère en l'honneur du jour de fête. Je n'ose risquer de lui déplaire en prolongeant mes visites à l'étrangère, de crainte de me voir défendre l'entrée des cours qu'elle habite.

— Vous êtes plus heureuse ? lui dis-je.

— Oui, peut-être, répondit-elle. En tout cas, les choses ne se sont pas aggravées. Je n'ai vu sa mère qu'une seule fois, lorsqu'elle a voulu que je lui prépare son thé. De ma vie je n'avais fait du thé de cette manière-là ! Mais son père vient presque chaque jour ici.

— Prenons patience, fis-je. Le jour arrivera bien où l'Auguste Mère se laissera fléchir.

Aussitôt, son visage se durcit.

— Je n'ai rien fait de mal, dit-elle, d'une voix basse et contenue. Ce n'est pas un péché que de s'aimer et de s'épouser ? Son père est le seul ami que je possède dans cette maison. Il me témoigne de la bonté, et j'en ai besoin, je vous assure ! Je crois que je ne pourrai pas rester beaucoup plus longtemps dans cette prison.

Elle secoua ses courts cheveux jaunes et ses yeux s'assombrirent, courroucés. Je vis qu'elle regardait vers les autres cours ; mes yeux suivirent la direction des siens.

— Voyez-les encore ! Elles sont là ! Je suis un jouet pour ces femmes. Je suis lasse à mourir de les sentir me dévisager ainsi. Pourquoi restent-elles à chuchoter, à m'épier et à me montrer du doigt ?

Tout en parlant elle me désignait de la tête la porte en forme de lune. En groupe, près de l'entrée, les concubines et une douzaine d'esclaves se tenaient réunies. Elles paraissaient flâner, occupées à manger des pistaches et à les distribuer à leurs enfants, mais elles observaient furtivement, et je les entendais rire. Je les menaçai du regard ; elles firent semblant de ne pas me voir. A la fin, l'étrangère m'attira plus loin, à l'intérieur de la pièce, et ferma complètement les lourdes portes de bois à coulisse.

— Je ne peux plus les souffrir, fit-elle avec passion. Je ne comprends rien à ce qu'elles disent ; mais je sais qu'elles parlent de moi du matin au soir.

Je la calmai :

— N'y faites pas attention, elles sont complètement ignorantes.

Mais elle secoua la tête.

— Il m'est impossible de continuer à supporter cela jour après jour.

Elle sembla se plonger dans ses réflexions, si silencieuse et les sourcils froncés. J'attendais, et nous restâmes toutes les deux assises dans la grande salle crépusculaire. Au bout d'un moment, puisque nous n'avions rien de plus à nous dire, je m'occupai à regarder autour de moi ; j'observai les changements qu'elle avait apportés, sans doute pour donner à la pièce un aspect occidental. Cela me parut simplement bizarre.

Quelques gravures pendaient aux murs, sans symétrie aucune, mêlées à des photographies encadrées. Quand elle surprit mon regard, le visage de l'étrangère s'éclaira et elle me dit avec empressement :

— Ce sont mes parents et ma sœur.

— Vous n'avez pas de frère ? demandai-je.

Elle secoua la tête, et ses lèvres se retroussèrent légèrement.

— Non, mais cela n'a aucune importance. Nous ne tenons pas uniquement à nos fils.

Je m'étonnai un peu de l'accent de ses paroles. Ne pouvant me l'expliquer, je me levai pour examiner les portraits. Le premier était celui d'un vieillard, à la courte barbe blanche, taillée en pointe. Ses yeux ressemblaient à ceux de l'étrangère, tourmentés, sous de lourdes paupières. Il était chauve et avec un grand nez.

— Il enseigne... Il est professeur au collège où nous nous sommes rencontrés pour la première fois, votre frère et moi, dit-elle, les yeux tendrement fixés sur le visage du vieillard. C'est curieux de le voir dans cette pièce ; il détonne ici, tout comme je semble le faire, ajouta-t-elle, d'une voix accablée. Mais c'est le portrait de ma mère que je ne peux pas regarder en ce moment !

L'étrangère était venue me rejoindre ; debout à côté de moi, elle me dominait de beaucoup. Elle se détourna du second portrait, alla à sa place et, prenant de la toile blanche sur une table, près d'elle, se mit à coudre. Je ne l'avais jamais vue travailler. Elle posa sur son doigt une drôle de calotte de métal, très différente d'un vrai dé qui vous entoure le médius, et elle tenait son aiguille comme un poignard. Je n'en dis rien. J'observai la figure de sa mère ; très menue, elle semblait délicate et bonne à sa manière, mais tout décorum était gâté par la façon dont les cheveux blancs l'encadraient. Le visage de sa sœur ressemblait nettement à celui de la mère, bien qu'il fût plus jeune et rieur. Je dis poliment :

— Vous désirez beaucoup revoir votre mère ?

A ma surprise, elle secoua la tête.

— Non, dit-elle de son ton brusque. Je ne peux même pas lui écrire.

— Pourquoi ? fis-je surprise.

— Parce que j'ai peur que ses craintes ne finissent par se réaliser. Pour rien au monde, je ne voudrais qu'elle me vît ici en ce moment, et elle me connaît trop, elle lirait entre les lignes. Je ne lui ai pas écrit une seule fois depuis mon arrivée dans cette maison. De loin, dans mon pays, tout semblait merveilleux. Ma petite sœur pensait qu'on ne pouvait imaginer plus beau roman. Et moi ! Ah ! vous ne vous doutez pas du parfait amoureux qu'il peut être ! Il avait une manière de me parler qui rendait banales et ennuyeuses les déclarations des autres hommes. Il faisait de l'amour une chose nouvelle ! Mais ma mère avait peur. Toujours !

— Peur de quoi ? demandai-je, étonnée.

— De me voir malheureuse si loin, du refus de sa famille... de ce qui peut tout gâter. Et je sens qu'elle avait peut-être raison. Je l'ignore, mais un filet semble se resserrer autour de moi. Enfermée derrière ces hautes murailles, je m'imagine des choses... Je ne comprends pas ce qu'ils disent, ces gens. Je ne sais pas ce qu'ils pensent. Leurs visages ne montrent rien. Et puis j'en arrive à trouver que même le visage de mon mari ressemble au leur : uni et fermé, ne révélant aucun sentiment. Là-bas, chez moi, il paraissait être des nôtres, seulement avec plus de séduction, un charme qui m'était inconnu. Mais ici, on dirait qu'il retombe dans un monde étrange, se dérobe à moi. Oh ! je ne sais comment m'exprimer. J'ai été habituée à la franchise, à la gaieté spontanée, et ici, tout est silence, courbettes et regards en coulisse. Je supporterais qu'on m'enlève ma liberté, si je comprenais ce qu'il y a derrière. Auparavant, dans mon pays, je lui avais dit que je me ferais pour lui Chinoise, Hottentote ou n'importe quoi. Maintenant je ne peux plus ! Je ne peux plus ! Je resterai Américaine à jamais !

Elle se répandit ainsi en paroles, à moitié dans sa propre langue, à moitié dans la nôtre, les sourcils froncés, les mains en mouvement, les traits agités. Je n'aurais jamais pu croire qu'elle fût capable de tant exprimer; et les mots ruisselaient, comme de l'eau qui aurait brusquement surgi d'un rocher. J'étais extrêmement embarrassée, car je n'avais jamais vu un cœur de femme aussi à nu, et cependant une sorte de vague pitié montait en moi et allait vers elle.

Tandis que je cherchais quelque chose à dire, mon frère, comme s'il avait tout entendu, sortit de la pièce à côté. Sans paraître me voir, il prit les mains de sa femme posées sur son ouvrage et, s'agenouillant et penchant la tête, il les promena sur sa propre joue et sur ses paupières. J'hésitai, ne sachant si je devais rester ou m'en aller, lorsqu'il leva vers elle des yeux hagards, et murmura, la voix rauque :

— Mary, Mary, je ne vous ai jamais entendue parler ainsi ! Vous ne doutez pas réellement de moi ? Dans votre pays, vous m'aviez dit que vous partageriez ma race et ma nationalité. Si, à la fin de cette année, cela vous paraît impossible, nous laisserons tout derrière nous, et je me ferai Américain avec vous. Si c'est irréalisable, nous irons je ne sais où, fonder un nouveau pays et une nouvelle race, pour vivre ensemble. Oh ! mon amour, ayez confiance en moi !

Il prononça ces paroles dans notre langue, s'y sentant plus à l'aise. Mais ensuite, il lui murmura des choses dans son langage à elle, et je cessai de comprendre. Elle souriait et je voyais bien qu'elle était capable de supporter encore beaucoup d'épreuves pour lui. Inclinant la tête, elle la laissa reposer sur l'épaule de son mari, et ils demeurèrent ainsi dans un silence poignant. J'eus honte de rester davantage en présence de cet amour dévoilé.

Je me glissai doucement au-dehors, et j'éprouvai un certain soulagement à gronder les esclaves d'avoir regardé à travers la grille. Bien entendu, je ne pouvais faire aucun reproche aux concubines de mon père ; mais je m'arrangeai de façon à parler devant elles aux esclaves. Je ne trouvai chez toutes qu'une curiosité ignorante, effrontée. La grosse concubine dit, en mangeant bruyamment un gâteau huileux et en faisant claquer ses lèvres :

— Quand on a l'air ridicule à ce point, et si peu humain, il faut bien s'attendre à ce qu'on vous regarde et à ce qu'on se moque de vous !

— Cependant, elle est humaine et a les mêmes sentiments que nous, répondis-je aussi sévèrement que possible.

La Deuxième Épouse n'en haussa pas moins ses grasses épaules et continua à mâchonner, essuyant avec soin ses doigts sur sa manche.

Je m'en allai, vexée. Mais en arrivant chez moi je compris que, dans ma colère, je n'avais pas pris parti contre la femme de mon frère, mais pour elle.

18

Et maintenant, ma sœur, ce qu'on craignait est arrivé. Elle a conçu ! Elle s'en doutait depuis tout un cycle de jours, mais, par une bizarre réserve occidentale, ne disait rien, même à mon frère. A présent, il vient de me l'annoncer.

Ce n'est pas une chose faite pour nous réjouir, et ma mère, en l'apprenant, s'est alitée. Le chagrin l'empêche de se lever. Après avoir tellement redouté cette déception, son corps fragile ne peut en supporter la violence. Vous savez combien elle désirait que le premier fruit engendré par mon frère appartînt à la famille. C'est devenu impossible, et elle se figure qu'une vertu est sortie de lui inutilement, puisque l'enfant ne pourra jamais paraître devant elle, comme petit-fils.

J'allai la trouver. Elle était étendue, raide et immobile sur son lit. Ses yeux fermés s'entrouvrirent assez pour me reconnaître, et se refermèrent aussitôt. Je m'assis, tranquille, auprès d'elle et attendis en silence. Brusquement, son visage s'altéra comme certain jour en ma présence. Il prit l'apparence de la mort, et une affreuse teinte de cendre ; elle respirait péniblement.

J'eus peur, et frappai dans mes mains pour appeler une servante. Wang Da-ma accourut, tenant une pipe d'opium allumée et fumante. Ma mère s'en saisit, l'aspira désespérément ; sa souffrance s'apaisa.

Mais je me sentis l'âme inquiète. La douleur devait être habituelle, puisque la pipe d'opium restait toujours préparée et la lampe allumée ! Quand je voulus en parler, ma mère me le défendit, d'une voix tranchante :

— Ce n'est rien ; ne m'ennuie pas.

Elle ne prononça plus une parole. Après être restée un moment près d'elle, je saluai et me retirai. En traversant la cour des servantes, je questionnai Wang Da-ma ; elle secoua la tête :

— La Première Épouse souffre ainsi, chaque jour autant de fois qu'il y a de doigts sur ses deux mains. Pendant plusieurs années, le mal venait de temps à autre, mais, vous le savez, elle ne parle jamais d'elle-même. Puis, dernièrement, le chagrin lui a donné des accès continuels. Je suis toujours près d'elle, et je vois la couleur grise passer sur son visage. Il est décomposé à l'aube, quand j'apporte le thé. Jusqu'ici, un peu d'espoir la soutenait ; à présent elle s'est affaissée comme un arbre dont on a coupé la dernière racine.

Elle prit le coin de son tablier bleu et s'essuya les yeux, l'un après l'autre, en soupirant.

Ah ! je sais bien l'espoir qui soutenait ma mère. Je ne dis rien, et une fois revenue chez moi, je pleurai et racontai tout à mon mari. Je le suppliai de venir la voir avec moi, mais il me conseilla d'attendre.

— Si elle se sent contrainte ou si on la vexe, son état empirera. Quand vous trouverez le moment favorable, suppliez-la de voir un médecin. Vous n'avez pas d'autre obligation à remplir à l'égard d'une personne âgée.

Je sais qu'il a toujours raison ; cependant je ne puis écarter de moi la sensation d'un malheur imminent.

Il paraît que mon père est ravi que l'étrangère attende un enfant. Il s'est écrié en apprenant la nouvelle :

— Ah ! ah ! Nous allons avoir un petit étranger pour nous amuser. Ai-ya ! un jouet nouveau ! Nous l'appellerons Petit Clown, et il nous fera rire.

A ces paroles mon frère murmura entre ses dents. Au fond, il commence à haïr notre père. Je m'en aperçois.

Quant à l'étrangère, elle a abandonné toute tristesse. Lorsque j'ai été la féliciter, elle chantait un air de chez elle, sauvage et rude. J'en demandai la signification. Il paraît que c'est une berceuse. Je m'étonne qu'aucun enfant puisse dormir en l'entendant. Je crois que l'étrangère a oublié qu'elle m'a dévoilé un jour son malheur. Mon frère et elle ont un renouveau d'amour, et il n'y a plus de place pour une autre chose dans son esprit, à présent qu'elle attend un bébé.

Je suis bien curieuse de voir ce petit étranger. Il ne saurait être beau à la manière de mon fils. Il est même possible que ce soit une fille, qui peut-être héritera les cheveux couleur de feu de sa mère. Ah ! mon pauvre frère !

Il est malheureux, mon frère ! Depuis que l'enfant doit naître, il a plus que jamais le désir de voir se régulariser la situation de sa femme. Il fait chaque jour à ce sujet des allusions devant mon père. Mais celui-ci détourne la conversation et cause à loisir, en souriant, d'autre chose.

Au prochain jour de fête, mon frère compte insister auprès du clan, dans la salle ancestrale, devant les tablettes sacrées des ancêtres, afin que l'enfant puisse être légalement son fils aîné. Bien entendu, si c'est une fille, cela n'a aucune importance. Mais nous ne pouvons rien discerner de l'avenir.

Voici la onzième lune de l'année. La neige couvre le sol dans le jardin, et pèse sur les bambous, formant une mer houleuse, toute blanche d'écume lorsque le vent les agite doucement. La femme de mon frère s'alourdit. Chez ma mère, il y a une pénible impression d'attente. Attente de quoi ? Je me le demande chaque jour.

Ce matin, en me levant, j'ai vu les arbres nus et noirs, sur le ciel hivernal. Je me suis éveillée en sursaut avec effroi, comme d'un cauchemar. Pourtant je me souviens, je n'ai eu aucun rêve. Quelle peut-être la signification de notre vie ? Elle est entre les mains des dieux et nous ne connaissons que la peur.

J'ai cherché des raisons à mes craintes. Est-ce que je

tremble pour mon fils ? Mais c'est un jeune lion : il est si fort ! Il parle à présent comme un roi dirigeant le monde. Son père seul ose lui désobéir en riant. Quant à moi, je suis son esclave et il le sait. Il sait tout, le coquin. Non, il ne s'agit pas de mon fils.

Mais j'ai beau raisonner, il m'est impossible de chasser mon inquiétude, l'instinct de cette menace du ciel. J'attends que les dieux la révèlent. Je suis sûre de leur malveillance. Ils peuvent en vouloir à mon fils, après tout. Je ne me sens pas très tranquille depuis l'histoire de la boucle d'oreille.

Son père rit. Il est certain que l'enfant est en bon état de la tête aux pieds. Son appétit me surprend. Il repousse mon sein, et réclame du riz et des baguettes trois fois par jour. Je l'ai sevré. C'est un homme. Non, il ne peut s'agir d'un être aussi vigoureux que mon fils !

Ma mère s'affaiblit. Je regrette le départ de mon père. Il s'est découvert des occupations à Tsinstin dès que mon frère a commencé à l'importuner au sujet de sa femme, et il est absent depuis plusieurs lunes. Mais il devrait revenir, à présent que le malheur plane sur sa maison. Bien qu'il ne se soit jamais soucié que de son propre plaisir, il pourrait se rappeler qu'il est le représentant de sa famille devant les dieux.

Cependant je n'ose pas lui écrire, car je ne suis qu'une simple femme, assaillie par des terreurs de femme. Et si tout cela n'était rien, qui sait ? Mais alors, pourquoi un jour succède-t-il à l'autre avec cette oppression de l'attente ?

J'ai brûlé de l'encens, devant Kwan-yin, en secret, car je crains le rire de mon mari. C'est très bien de ne pas croire aux dieux lorsque nul danger ne menace, mais à l'heure où le chagrin pèse sur nous, vers qui donc irions-nous ? J'ai prié la déesse avant la naissance de mon fils, et elle m'a exaucée.

Ce jour est le premier de la douzième lune. Ma mère repose, immobile sur son lit, et je commence à craindre qu'elle ne s'en relève jamais. Je l'ai instamment priée d'appeler les médecins ; elle a fini par céder, mais par pure lassitude, je le crains. Elle a demandé à Chang, ce fameux docteur et astrologue, de venir lui donner ses soins. Elle lui offre quarante onces d'argent, et il promet la guérison. J'en suis réconfortée, car chacun sait qu'il est un sage.

Mais je me demande quand l'heure du soulagement viendra. Elle fume sans relâche sa pipe d'opium, pour atténuer la douleur des organes vitaux, et l'engourdissement l'empêche de parler. Son visage est d'un jaune terne et la peau est tellement tendue sur ses os qu'on la sent sèche et mince au toucher, comme du papier.

Je l'ai suppliée de voir mon mari, afin qu'il puisse essayer des médecines occidentales. Elle a murmuré que sa jeunesse était passée, sa vieillesse venue, mais que jamais elle ne supporterait les manières des barbares. Quant à mon mari, il secoue la tête lorsque je lui parle de ma mère. Je vois bien qu'il la croit prête à passer sur la Terrasse de la Nuit.

Oh ! ma mère ! ma mère !

Mon frère ne dit rien du matin au soir. Il reste assis dans son appartement, le regard fixe et sévère. Il ne sort de lui-même que pour se lancer dans des frénésies de tendresse avec sa femme. Ils vivent une existence à eux, dans un monde à part, où ils sont seuls avec l'enfant à naître. Il a fait poser un écran de bambou tressé sur la porte en forme de lune, et les femmes oisives ne peuvent plus épier.

Quand je lui parle de notre mère, il reste sourd. Il se borne à répéter, comme un enfant têtu :

— Je ne lui pardonnerai jamais... jamais !

C'est la première fois de sa vie qu'une chose lui est refusée, et il en veut à sa mère.

Pendant plusieurs semaines, il n'est pas allé la voir. Mais hier, ému enfin par mes craintes et mes supplications, il m'a accompagnée et s'est tenu près de son lit. Il restait debout, dans un silence obstiné, sans vouloir la saluer. Il la regardait ; elle a ouvert les yeux, et les a fixés sur lui, sans prononcer un mot.

Malgré tout, lorsque nous nous sommes retirés ensemble, j'ai compris qu'il avait été ébranlé à la vue de ce visage malade. Mais, il n'en dit rien, même à moi. Il soupçonnait la vieille dame de s'enfermer dans sa chambre par quelque amère décision prise contre lui. Il comprend maintenant qu'elle est mortellement atteinte. A partir de ce moment-là, me répète Wang Da-ma, il est allé chaque jour présenter un bol de thé, des deux mains, à sa mère, sans rien dire.

Parfois, elle le remercie d'une voix faible, mais jamais la conversation entre eux n'a été au-delà de ces quelques mots, depuis qu'elle a appris que sa femme était enceinte.

Mon frère a envoyé une lettre à notre père qui arrive demain.

Ma mère n'a pas ouvert la bouche depuis bien des jours. Elle est plongée dans un sourd sommeil qui ne ressemble à aucun autre. Chang, le médecin, a haussé les épaules, étendu les bras et prononcé :

— Si le ciel a décrété la mort, qui suis-je pour arrêter la destinée suprême ?

Il a pris son argent, enfoncé ses mains dans ses manches et s'est retiré. Après son départ, j'ai couru à mon mari, l'implorant de venir auprès de ma mère. Elle ignore ce qui se passe autour d'elle, et ne saura pas s'il est là. Il commença par refuser, mais en voyant mon inquiétude, il m'a suivie à regret et, debout devant son lit, il a contemplé ma mère pour la première fois.

Je ne l'avais jamais vu aussi ému. Il l'a longuement regardée, puis un frisson l'a secoué de la tête aux pieds, et il est sorti précipitamment. Je me demandais s'il se sentait malade, mais lorsque je l'interrogeai, il dit simplement :

— Il est trop tard... trop tard.

Et puis il s'est tourné vers moi, et s'est écrié brusquement :

— Vous lui ressemblez tellement, que j'imaginais vous voir, étendue là, morte !

Et nous pleurâmes.

Je me rends journellement au temple. J'y allais à peine depuis la naissance de mon fils. J'avais mon enfant, il ne me restait plus rien à demander aux dieux. Furieux de mon bonheur, ils me punissent en la personne de ma mère bien-aimée. Je vais au dieu de longue vie, je place devant lui des offrandes de viande et de vin. J'ai promis cent pièces d'argent au temple, si ma mère guérit.

Mais je n'obtiens aucune réponse du dieu. Il se tient immobile, à l'abri de son rideau. Je ne sais même pas s'il accepte mes sacrifices.

Sous toutes nos vies, derrière le voile, les dieux complotent.

Oh ! ma sœur ! ma sœur ! Les dieux se sont prononcés enfin, et nous ont révélé leur méchanceté ! Voyez ! Je suis revêtue de toile grossière ! Regardez mon fils, il est entièrement enveloppé de la rude étoffe blanche des deuils ! C'est pour elle, pour ma mère ! Oh ! ma mère, ma mère ! Non, n'arrêtez pas mes larmes. Il faut que je pleure à présent, car elle est morte !

J'étais seule avec elle, à minuit. Elle restait étendue dans la position qu'elle gardait depuis dix jours, immobile comme une chose de bronze. Elle ne parlait ni ne mangeait. Son âme avait déjà entendu l'appel des voix d'En-haut et, seul, son cœur ferme continuait à battre jusqu'à l'épuisement et le silence.

Une heure avant l'aube, effrayée, je perçus en elle un changement. Je frappai des mains et envoyai l'esclave de garde chercher mon frère. Il attendait dans l'antichambre, prêt à répondre à mon appel. Lorsqu'il entra, il jeta un coup d'œil et murmura, avec un peu d'appréhension :

— La fin approche ! Qu'on fasse venir notre père.

Il fit un signe à Wang Da-ma, qui s'essuyait les yeux près du lit, et elle sortit pour obéir à son désir. Nous demeurâmes dans l'attente, la main dans la main, pleurant et remplis de crainte.

Soudain notre mère parut s'éveiller. Elle tourna la tête et nous regarda. Elle souleva ses bras lentement, comme s'ils portaient un poids énorme, et soupira deux fois. Puis ses bras retombèrent et elle rendit l'esprit, qui ne révéla rien ; aussi muet au départ que pendant la vie.

Lorsque notre père entra, encore à moitié endormi, ses vêtements jetés sur lui à la hâte, nous l'avertîmes. Il se tint devant elle et la contempla, effrayé. Il a toujours eu peur d'elle, au fond. Puis il se répandit en pleurs d'enfant, faciles, et cria tout haut :

— Une bonne femme... une bonne femme !

Mon frère l'entraîna doucement au-dehors, le calma, et pria Wang Da-ma de lui apporter du vin pour le réconforter.

Alors, demeurée seule avec ma mère, je me penchai sur le visage silencieux qui se raidissait. Personne autre que moi ne l'a vraiment connue telle qu'elle était, et mon cœur se fondit en larmes brûlantes. Puis je tirai lentement les rideaux, et l'enfermai dans cette solitude qui l'a accompagnée toute sa vie.

Ma mère ! ma mère !

Nous avons parfumé son corps avec de l'huile de fleurs d'acanthe. Nous l'avons enveloppée dans d'interminables gazes de soie jaune. Nous l'avons mise dans l'un des deux grands cercueils, faits chacun du tronc d'un immense camphrier, et préparés pour elle et pour mon père, à la mort de mes grands-parents, il y a bien des années. Sur ses paupières closes, on a posé les pierres de jade sacrées.

A présent le grand cercueil est scellé. Nous avons fait venir le géomancien, pour le consulter et connaître le jour prescrit des funérailles. Il a examiné le livre des étoiles et il s'est prononcé pour le sixième jour de la sixième lune de la nouvelle année.

Nous avons donc appelé les prêtres ; ils sont venus revêtus des robes jaune et écarlate de leur ministère. Accompagnés de la triste musique des flûtes, nous l'avons conduite au temple, en procession solennelle, pour y attendre le jour de l'inhumation.

Elle repose sous l'œil des dieux, dans la paix et la poussière des siècles. Pas un son ne vient rompre son sommeil sans fin ; il n'y aura, à tout jamais, que les psalmodies voilées des prêtres à l'aube et au crépuscule et, la nuit, l'unique note de la cloche du temple frappée à longs intervalles.

Je ne pense plus qu'à elle.

19

Quatre lunes nous ont-elles vraiment déjà séparées, ma sœur ? Je porte dans mes cheveux la corde blanche des deuils, pour elle, ma Vénérée. J'ai beau continuer ma vie, je ne suis plus la même. Les dieux m'ont séparée de ma source, de la chair qui forma ma chair, et des os dont sont faits mes os. A jamais, je saignerai au point de rupture.

Cependant, je réfléchis à ces choses. Puisque le ciel n'a pas voulu accorder à ma mère son grand désir, serait-ce par bonté que les dieux ont retiré celle qu'ils aiment d'un monde changeant qu'elle n'aurait jamais compris ? Ce temps-ci eût été trop difficile pour elle. Comment aurait-elle supporté ce qui s'est passé ? Je vais vous le raconter.

A peine la procession funèbre avait-elle franchi le grand portail que les concubines commençaient déjà à se quereller entre elles, à qui aurait la préséance. Chacune voulait remplacer ma mère comme Première Épouse, et désirait revêtir les vêtements rouges, objets de convoitise, interdits aux concubines. Elles aspiraient aussi au privilège de franchir, après leur mort, le seuil du grand portail, car vous savez que le cercueil d'une concubine ne doit passer que par une sortie latérale.

Toutes ces folles s'ornèrent de plus belle, espérant attirer les regards de mon père.

Toutes, ai-je dit ? J'oubliais La-may.

Pendant ces longs mois, devenus à présent des années,

elle a vécu à la campagne, dans les domaines de la famille. A l'heure de la mort de ma mère nous avions oublié, dans notre tristesse, de la prévenir aussitôt. C'est seulement dix jours après qu'un mot lui est parvenu, des mains de l'intendant de mon père. Oui, elle habite seule, avec ses servantes et son fils, depuis le jour où mon père a parlé de prendre une nouvelle concubine. Il est vrai que la chose n'aboutit pas, car il avait cessé de s'intéresser à cette femme avant la fin des négociations ; il trouvait exagérée la somme réclamée par la famille. Mais La-may n'a pu oublier ce désir qu'a eu mon père de la remplacer. Elle n'a jamais reparu auprès de lui, et sachant combien il déteste la campagne, elle était certaine qu'il ne chercherait pas à l'y rejoindre.

Mais, lorsqu'elle apprit la mort de ma mère, elle se rendit aussitôt au temple où son corps repose et, se jetant sur le cercueil, elle pleura silencieusement pendant trois jours, sans prendre de nourriture. Lorsque Wang Da-ma m'en informa, j'allai trouver La-may, et la relevant je la ramenai à la maison.

Elle est vraiment très changée. Son rire et son animation ont disparu, et elle ne s'habille plus avec des soies brillantes. Elle a cessé de peindre ses lèvres, qui paraissent rigides et blêmes dans son visage pâle. Elle est devenue tranquille, grise et silencieuse. Mais son air dédaigneux subsiste encore ; quand elle a su les disputes des concubines, sa bouche a eu un pli amer. Elle est la seule à ne pas convoiter la première place.

Elle évite toute allusion à mon père. On dit qu'elle a déclaré qu'elle s'empoisonnerait s'il tentait un rapprochement.

L'amour, chez elle, s'est figé en haine !

Elle ne parut prendre aucun intérêt à ce que je disais de l'étrangère, et ne sembla même pas m'écouter. Quand je revins sur ce sujet, elle resta très froide et me répondit d'une petite voix mince et aiguë comme de la glace :

— C'est beaucoup d'agitation et de paroles pour une chose déjà fixée par la nature. Le fils d'un tel père peut-il être fidèle ? Il est tout à sa passion, en ce moment-ci. Je sais ce que c'est. Mais attendez la naissance de l'enfant, et que la beauté de la mère lui soit retirée comme on arrache la couverture d'un livre. Les feuillets auront beau ne parler que d'amour, il ne se souciera guère de les lire.

Ensuite elle resta indifférente. Pendant les quatre jours qu'elle passa chez moi, le nom de mon père ne fut plus prononcé. Ce qui était jadis joie et désir d'amour est mort en elle. Sa colère vit seule, une colère perpétuelle, à propos de tout, mais qui manque de chaleur ; une rage froide, irraisonnée comme celle du serpent, et pleine de venin. Après son départ, je le fis observer à mon mari en plaçant ma main dans les siennes. Il la retint longtemps, et finit par me dire :

— C'est une créature méprisée. Nos vieilles coutumes traitent légèrement les femmes ; elle n'était pas de celles à qui un amour facile permet de supporter ce dédain.

Quelle chose terrible que l'amour, s'il ne peut couler d'un cœur à l'autre, librement, dans toute sa fraîcheur !

La période de deuil passée, La-may retourna à la campagne.

On ne pouvait rien décider au sujet des autres concubines, avant la reconnaissance de la femme de mon frère, car, légitimée, c'était à elle à succéder à ma mère en qualité de Première Épouse. La situation devenait d'autant plus critique que la maison de Li, dont la fille était toujours fiancée à mon frère, commençait à envoyer presque journellement des messages par les intermédiaires, insistant pour que le mariage fût consommé.

Mon frère, bien entendu, n'en disait rien à l'étrangère, mais j'étais au courant, et je comprenais pourquoi il prenait cette expression harassée et de plus en plus anxieuse, à mesure que les complications se resserraient autour de lui. Mon père recevait les intermédiaires, et mon frère avait beau ne pas les rencontrer ni les entendre, mon père prenait soin de lui répéter leurs paroles, en affectant un air insouciant et rieur.

Depuis la mort de ma mère, il y a un renouveau d'amour entre mon frère et l'étrangère, en sorte que c'est retourner le couteau dans ses entrailles que de lui parler d'un autre mariage. Bien que l'étrangère ne l'ait jamais aimée, lorsque mon frère se reproche enfin sa dureté envers notre mère malade et se frappe la poitrine à la pensée d'avoir hâté sa fin, sa femme l'écoute tendrement.

Elle prête l'oreille à ses remords, puis détourne ses pensées vers l'enfant attendu, et l'avenir. Elle est sage. Un petit esprit s'irriterait devant ces lamentations, mais lorsque mon frère rappelle les vertus maternelles, à la manière dont on parle des morts, elle approuve, et met de la bonne grâce à passer sous silence l'attitude de ma mère envers elle ; elle ajoute encore aux louanges de son mari l'expression de son respect pour la force d'âme montrée par la disparue, même dirigée contre elle. En se confiant ainsi à sa femme, mon frère vidait de son chagrin un cœur que l'amour emplissait à nouveau.

Ensemble ils vivaient dans leurs cours en dehors de tous. Pendant un certain temps, je les vis à peine. C'était comme s'ils avaient habité quelque pays éloigné, où rien ni personne ne pouvait les atteindre. Lorsque j'allais les voir, ils m'accueillaient bien, mais, tout de suite après, et sans le vouloir, ils m'oubliaient. Leurs yeux se rencontraient en secret et se parlaient, tandis que leurs lèvres s'adressaient à moi. S'ils étaient séparés, ne fût-ce que par la longueur de la pièce, instinctivement ils se rapprochaient, inquiets tant qu'ils ne se sentaient pas à proximité l'un de l'autre.

Je crois que c'est pendant ce renouveau d'amour que mon frère comprit nettement la voie qu'il devait suivre. Un certain calme régna à nouveau sur son esprit, et, prêt à tout abandonner pour sa femme, il recouvra sa maîtrise de soi.

En les observant, je m'étonnais de n'éprouver pour eux que des sentiments très chauds. Avant mon mariage, tant d'émotion étalée entre mari et femme m'eût répugné. Dans mon incompréhension, j'aurais considéré cela comme un manque de dignité ; j'aurais méprisé l'amour lui-même, et trouvé qu'il ne convenait qu'aux concubines et aux esclaves.

Vous voyez combien j'ai changé, et tout ce que mon seigneur m'a enseigné ! Vraiment je ne savais rien avant sa venue.

C'est ainsi qu'ils vivaient tous les deux, dans l'attente de l'avenir, mon frère et l'étrangère.

Cependant mon frère ne se trouvait pas complètement satisfait. Elle était heureuse, et ne tenait plus du tout à faire partie de la famille de mon frère.

Malgré la sympathie qu'elle témoignait à mon mari, après la mort de notre mère, elle se sentait délivrée d'une sorte de servitude. La présence de l'enfant, vivant dans son sein, lui enlevait ses craintes. Elle ne songeait qu'à mon frère, à elle-même, et à cet enfant. Le sentant remuer, elle dit en souriant :

— C'est ce petit être qui m'enseignera tout. Il m'apprendra à faire partie du pays de mon mari et de sa race. Il me montrera ce que fut son père, depuis sa naissance jusqu'à l'âge d'homme fait. Je ne serai jamais seule à présent, ni séparée des autres.

Et elle dit encore à son mari :

— Cela n'a plus aucune importance que votre famille veuille me recevoir ou non. Vos os, votre sang, votre cerveau m'ont pénétrée ; je donnerai naissance à un fils qui sera de vous et de votre peuple.

Cette loi spirituelle ne suffit pas à mon frère. Il révérait sa femme de parler ainsi, mais rempli de colère contre son père, il sortit et me dit :

— Nous pourrions vivre seuls elle et moi, toute notre vie. Toutefois, devons-nous priver l'enfant de son héritage ? En avons-nous le droit ?

Je ne pus rien lui répondre, car j'ignore où se trouve la sagesse,

Le moment de la naissance approchait. On pouvait s'y attendre d'une heure à l'autre, et mon frère eut une nouvelle entrevue avec son père et lui demanda de reconnaître officiellement l'étrangère comme sa femme. Je vais vous dire ce que mon frère m'a raconté.

Il cherchait à se rassurer lui-même en allant faire sa démarche ! Il se souvenait des faveurs dont mon père avait autrefois entouré la jeune femme. Les actes et les paroles de mon père avaient beau paraître alors manquer de courtoisie, un peu de véritable affection avait pu en résulter. Il courba la tête devant mon père et dit :

— Mon père honoré, à présent que la Première Épouse, ma mère honorée, nous a quittés pour demeurer auprès des Sources jaunes, moi, votre fils indigne, je vous supplie de m'entendre.

Notre père buvait, assis près d'une table. Il inclinait la tête en souriant et, toujours avec le même sourire, versa du vin, d'une aiguière d'argent, dans la petite coupe de jade qu'il tenait à la main. Il buvait de temps à autre, mais ne disait rien. Mon frère se sentit donc encouragé à continuer :

— La pauvre fleur d'un pays étranger cherche à affermir sa situation au milieu de nous. Selon la coutume occidentale, nous sommes également mariés et, aux yeux de ses compatriotes, elle est ma Première Épouse. Elle désire qu'il en soit de même à présent dans notre pays. C'est d'autant plus important qu'elle va me donner mon premier enfant. L'ancienne Première Épouse n'est plus, et nous la pleurons à jamais. Il est cependant nécessaire de mettre la Première Épouse de son fils à sa place équitable, dans l'ordre des générations. La fleur étrangère aspire à devenir l'une de nous, elle veut avoir avec nous des racines communes, de même qu'un prunier, avant de fructifier, est greffé sur le tronc nourricier. Elle désire que ses enfants fassent pour toujours partie de notre ancienne race céleste. Il ne reste plus qu'à notre père de la reconnaître. Elle se sent encouragée par les gracieuses faveurs qu'il lui a témoignées dans le passé.

Notre père continuait à garder le silence et à sourire. Il se versa encore du vin et but de nouveau dans la coupe de jade ; ensuite, il dit :

— La fleur étrangère est belle. Ses yeux splendides sont des joyaux pourpres. Sa chair a la blancheur de celle de l'amande. Elle nous a bien réjouis, n'est-ce pas ? Je te félicite de ce que tu te prépares à recevoir d'elle un petit jouet.

Il prit l'aiguière et but, en poursuivant de son même air affable :

— Assieds-toi, mon fils, tu te fatigues inutilement.

Il ouvrit le tiroir de la table et en tira un autre bol, en désignant un siège à mon frère. Il remplit la seconde coupe. Mais mon frère la refusa, et se tint debout. Notre père continua de parler ; sa voix molle, épaisse, coulait aisément.

— Ah ! tu n'aimes pas le vin ?

Il sourit et but, puis s'essuyant les lèvres du revers de la main, il sourit encore. Il dit enfin, voyant que mon frère, debout, persistait à attendre sa réponse :

— Quant à ta requête, mon fils, j'y songerai. Je suis très occupé. De plus, la mort de ta mère m'a causé un tel chagrin que je ne puis fixer mon attention sur aucun sujet. Ce soir, je pars pour Shanghai, chercher quelque diversion pour mon esprit, de crainte de tomber malade, par excès de douleur. Transmets mes compliments à celle qui attend. Puisse-t-elle porter un fils semblable à un lotus. Adieu, mon fils. Excellent fils ! Digne fils !

Il se leva, toujours souriant, se retira dans l'autre pièce et ferma le rideau.

En me répétant ces propos, mon frère parlait de son père comme d'un étranger, tant sa haine était grande. Tout enfants nous apprenions, dans les édits sacrés, qu'un homme ne doit pas aimer sa femme plus qu'il n'aime ses parents. Ce serait un péché devant les tablettes ancestrales et les dieux. Mais quel est le faible cœur humain qui sait résister à l'afflux de l'amour ? Que ce cœur le veuille ou non, l'amour le remplit. Comment se fait-il que les anciens, dans toute leur sagesse, aient ignoré cela ? Je ne peux rien reprocher à mon frère.

C'est bizarre, mais des deux, c'est l'étrangère qui souffre le plus. L'opposition de ma mère ne la peinait pas autant. Elle se désespère de l'insouciance de mon père. Tout d'abord, elle se mit en colère et parla de lui avec froideur. Elle dit en apprenant ce qui avait eu lieu entre lui et son mari :

— Son amabilité était donc feinte ? Je pensais qu'il avait vraiment de l'affection pour moi. Je sentais en lui un ami. Que voulait-il dire ? Oh ! mais c'est une brute alors !

J'étais scandalisée d'entendre juger ainsi un ancien, et je regardai mon frère me demandant ce qu'il allait dire pour reprendre sa femme. Mais il garda le silence et tint la tête penchée, en sorte que je ne pus voir son visage. Elle leva sur lui des yeux qui semblaient agrandis par l'effroi et, brusquement, sans que rien l'eût fait prévoir, car elle avait parlé d'un ton glacial et très détaché, elle éclata en sanglots et courut à mon frère en criant :

— Oh ! mon chéri, quittons cet horrible endroit !

Je fus stupéfaite de la soudaineté de cette émotion. Mais mon frère reçut sa femme dans ses bras et lui murmura des consolations. Je me retirai donc, pleine de leur chagrin et avec des doutes sur l'avenir.

20

Mon père a pris une décision ! Elle a été pénible à entendre, mais mieux vaut la connaître que de vivre avec un faux espoir.

Hier, il a envoyé un messager à mon frère, un cousin frère au troisième degré, fonctionnaire du clan de la maison de mon père. Après s'être rafraîchi et avoir bu du thé dans la salle des invités, il a communiqué à mon frère les volontés de notre père en ces termes :

— Écoutez, fils de Yang, votre père répond ainsi nettement à votre pétition, et les membres du clan sont d'accord avec lui ; tous, jusqu'au plus humble, le soutiennent. Votre père dit : il est impossible que l'étrangère soit reçue parmi nous. Le sang qui coule dans ses veines est inaltérable. En son cœur, elle est fidèle à des lois qui nous sont inconnues. Les enfants de son sein ne peuvent être des fils de Han. Là où le sang est mélangé et impur, le cœur ne peut rester ferme. De plus, son fils ne saurait être reçu dans la salle ancestrale. Comment une étrangère s'agenouillerait-elle devant la longue lignée sacrée des grands anciens ? Cela n'est permis qu'à ceux dont l'héritage est pur, et dans la chair desquels circule le sang des anciens, sans alliage. Votre père est généreux. Il vous envoie mille pièces d'argent. Lorsque l'enfant sera né, payez sa mère et qu'elle retourne dans son pays. Vous vous êtes amusé assez longtemps. A présent revenez à vos devoirs. Écoutez le commandement ! Épousez celle qui a été choisie pour vous. La fille de Li s'énerve de ce long retard. La famille de Li a été patiente : elle permet que ce mariage soit reculé jusqu'à ce que votre folie se dissipe. Toute la cité en parle, en sorte que c'est un scandale et une honte pour le clan. Mais elle ne veut plus prolonger cette attente ; elle réclame ses droits. Le mariage ne peut pas être remis davantage. La jeunesse passe, et les fils conçus et nés dans la jeunesse sont les meilleurs.

Et il tendit à mon frère un lourd sac d'argent.

Mon frère prit le sac et le jeta sur le sol. Il se pencha en avant ; ses yeux étaient semblables à des glaives à deux tranchants qui cherchent le cœur de l'adversaire. Sa colère montait sous son visage de glace et elle éclatait à présent, comme un éclair imprévu dans un ciel pur.

— Retournez vers cet homme ! cria-t-il. Priez-le de reprendre son argent ! A partir de ce jour, je n'ai plus de père. Je n'ai pas de clan. Je répudie le nom de Yang ! Rayez mon nom des livres ! Moi et ma femme, nous partirons. Aujourd'hui nous serons libres, comme les jeunes sont libres dans les autres pays. Nous commencerons une nouvelle lignée, libérée de cet ancien et cruel esclavage de nos âmes !

Et il sortit de la salle à grands pas.

Le messager ramassa la bourse en marmottant :

— Ah ! il y a d'autres fils, d'autres fils !

Et il retourna trouver mon père.

Vous voyez à présent pourquoi j'ai dit qu'il était préférable que ma mère fût morte ! Comment aurait-elle supporté de voir ce jour ? Comment aurait-elle admis de voir le fils d'une concubine prendre la place de son fils unique, l'héritier ?

Mon frère ne possède plus rien des biens de famille. Avec sa part, on dédommagera la maison de Li de l'outrage qui lui a été fait, et déjà, prétend Wang Da-ma, on cherche un autre époux pour celle qui fut la fiancée de mon frère.

Quels sacrifices mon frère n'a-t-il pas acceptés, pour l'amour de cette étrangère !

Mais il n'a rien révélé de ce sacrifice à celle qui attend son heure, de crainte que, dans l'avenir, son bonheur n'en soit assombri. Il s'est contenté de lui dire :

— Partons d'ici, à présent, mon cœur. Nous ne pourrons jamais nous faire un foyer entre ces murs.

Elle était heureuse et le suivit joyeusement. C'est ainsi que mon frère quitta pour toujours la demeure ancestrale. Personne ne fut présent à l'heure des adieux, sauf Wang Da-ma qui vint pleurer, courber la tête dans la poussière devant lui et s'écrier :

— Comment le fils de ma maîtresse peut-il quitter ces cours ? Il est temps que je disparaisse... Il est temps que je meure !

Ils habitent maintenant une petite maison à deux étages, comme la nôtre, dans la rue des Ponts. Mon frère, en bien peu de temps, a vieilli et s'est calmé. Pour la première fois de sa vie, il faut qu'il se préoccupe de savoir d'où lui viendront sa nourriture et ses vêtements. Il enseigne ici, à l'école du gouvernement ; il part très tôt chaque matin, lui qui ne se levait jamais avant que le soleil ne brillât haut dans le ciel. Son regard est résolu, sa parole plus rare et son sourire moins facile qu'auparavant. Je me hasardai un jour à lui demander :

— Ne regrettes-tu rien, mon frère ?

Il me lança un de ses regards d'autrefois, si vifs sous ses paupières, et s'écria :

— Jamais !

Ah ! je crois que ma mère s'était trompée ! Il n'est pas le fils de son père. Il est entièrement celui de sa mère par la fermeté.

Savez-vous ce qui vient d'arriver ? J'ai ri en l'apprenant, et puis, sans rien y comprendre, j'ai pleuré.

Hier soir, mon frère entendit frapper de grands coups à la porte de sa petite maison. Il alla ouvrir lui-même, car ils n'ont qu'une servante ces temps-ci, et, stupéfait, il se trouva en face de Wang Da-ma. Elle arrivait en brouette, accompagnée de tout ce qu'elle possédait, enfermé dans un grand panier en bambou tressé et un paquet de toile bleue. En voyant mon frère, elle lui dit avec beaucoup de sang-froid :

— Je suis venue habiter chez le fils de ma maîtresse et servir son petit-fils.

Mon frère lui demanda :

— Mais ne savez-vous donc pas qu'on ne me considère plus comme le fils de ma mère ?

Wang Da-ma répondit, obstinément agrippée à son panier d'une main et à son paquet de l'autre :

— Allons donc ! C'est vous en personne qui me dites cela ? Ne vous ai-je pas pris des bras de votre mère dans ceux-ci, quand vous n'aviez guère plus d'un pied de long, et que vous étiez comme un ver ? Ne vous ai-je pas nourri de mon sein ? Ce que vous étiez en naissant, vous l'êtes encore, et votre fils est votre fils. Qu'il en soit ainsi que je le dis.

Mon frère prétend n'avoir pas su que répondre. Wang Da-ma, c'est vrai, nous a connus toute notre vie et elle est pour nous plus qu'une servante. Tandis qu'il hésitait, elle déposa son panier et son paquet dans la petite entrée, et, tout en soufflant et grommelant, car elle vieillit et engraisse, elle se fouillait elle-même pour trouver sa bourse. Ensuite, elle se retourna, se querella abondamment avec le conducteur de la brouette sur le prix du transport, et s'installa comme chez elle.

Elle a fait cela en souvenir de ma mère. Il est absurde de donner trop d'importance aux actes d'une servante, mais, lorsque mon frère en parle, il y a dans son rire une pointe de tendresse. Il est content qu'elle soit venue et que son fils dorme et joue dans les bras de sa vieille nourrice.

Ce matin, elle est venue me présenter ses respects, et je l'ai trouvée toujours la même. On croirait qu'elle a vécu des années avec mon frère dans cette maison étrangère ; je sais qu'au fond elle s'étonne de bien des choses. Mon frère dit qu'elle prétend ne rien trouver étrange, mais elle se méfie surtout des escaliers qu'elle a refusé de monter, la première fois, en présence de quelqu'un. Aujourd'hui elle m'a confié qu'elle ne pouvait supporter les changements survenus chez ma mère.

Il paraît que la grosse concubine est devenue la Première Épouse à la place de ma mère. On l'a proclamée dans la salle ancestrale devant les tablettes sacrées. Depuis, elle se promène fièrement, vêtue de rouge et de pourpre et les doigts couverts de bagues. Elle s'est même installée dans les appartements de ma mère ! En écoutant les récits de Wang Da-ma, je sens que je ne pourrai jamais retourner là-bas.

Ah ! ma mère !

Mon frère se montre très tendre pour sa femme, plus tendre que jamais depuis qu'il a renoncé à tout pour elle. Lui qui a vécu à l'aise, jusqu'ici, sur la fortune de son père, est pauvre à présent. Mais il a appris à la rendre heureuse.

Hier, je suis allée la voir. Elle a levé les yeux de la page sur laquelle elle traçait de longues lignes coulantes et tortueuses. Quand je suis entrée avec mon fils, elle a souri, comme chaque fois qu'elle l'aperçoit.

— J'écris à ma mère, fit-elle, les yeux illuminés par son sourire. Je peux enfin tout lui raconter. Je lui dirai que j'ai suspendu des rideaux jaunes aux fenêtres, et qu'il y a un bol de narcisses d'or sur la table ; que j'ai doublé une corbeille de soie rose dans laquelle il dormira, de la soie couleur des fleurs de pommier d'Amérique ! Elle lira entre chaque mot et saura combien je suis heureuse enfin !

Ma sœur, avez-vous vu parfois une jolie vallée grise, sous un ciel lourd ? Puis, brusquement les nuages se séparent, le soleil descend, et la vie, la couleur surgissent joyeusement et chantent partout.

C'est à cela qu'elle ressemble en ce moment-ci. Le bonheur fait vivre ses yeux, et sa voix est une perpétuelle chanson.

Ses lèvres ne sont jamais immobiles. Elles se courbent et s'animent avec de petits sourires et de brusques rires ébauchés. Elle est vraiment très belle. J'ai toujours douté de cette beauté, car je n'en avais jamais vu de semblable, mais à présent elle m'apparaît clairement. La tempête et l'humeur sombre ont disparu de ses yeux. Ils sont aussi bleus que la mer sous un ciel calme.

Mon frère, après avoir agi selon la décision prise, se montre calme, grave et satisfait. C'est un homme.

Lorsque je vois ces deux êtres, qui ont abandonné un monde l'un pour l'autre, je me sens humble en face d'un pareil amour. Le fruit en sera précieux — aussi merveilleux qu'un jade.

Quant à leur enfant, je suis perplexe. Il devra se créer lui-même sa voie. L'Est et l'Ouest, fondus en lui, le méconnaîtront et le répudieront l'un et l'autre. Je crois cependant que, s'il hérite de l'énergie de ses parents, il saura comprendre ces deux mondes et triomphera. Mais ce ne sont que des suppositions que je fais en observant mon frère et l'étrangère. Je ne suis qu'une simple femme. Il faut que j'en parle à mon mari, car il est savant et il sait où se trouve la vérité sans qu'on le lui dise.

En tout cas, je suis certaine de mon impatience de voir leur enfant. Je voudrais qu'il soit un frère pour mon fils.

21

L'étrangère chante : heure après heure les chansons montent comme des bulles de son cœur à ses lèvres, elle est gaie, d'une gaieté surprenante. Moi, qui ai donné le jour à un fils, je me réjouis avec elle, et notre commune expérience humaine nous unit. Nous cousons des vêtements, de petits vêtements chinois. Lorsqu'elle hésite entre les couleurs à choisir, elle fronce les sourcils au-dessus de sa bouche souriante et se demande :

— Voyons, si ses yeux sont noirs, il lui faudra de l'écarlate, s'ils sont gris, ce sera du rose. Ses yeux seront-ils noirs ou gris, petite sœur ?

Et elle tourne vers moi son regard rieur.

Et moi, riant aussi, je l'interroge à mon tour :

— Comment les voyez-vous dans votre cœur ?

Et elle répond, rougissante et soudain timide devant moi :

— Ils sont noirs, prenons l'écarlate.

— L'écarlate est la teinte de la joie, fis-je, et convient à un garçon.

Nous savons toutes les deux que nous avons choisi sagement. Je lui ai montré les premiers vêtements minuscules de mon fils ; ensemble, nous avons placé les patrons sur le satin fleuri écarlate et sur la douce soie rouge. J'ai brodé moi-même les petits souliers à face de tigre. Devant des tâches de ce genre, nous nous sentons plus près l'une de l'autre. J'oublie qu'elle m'a paru étrange. Elle est devenue ma sœur. J'ai appris à prononcer son nom : Mary — Mary !

Lorsqu'elle eut terminé, elle fit une série d'objets de layette de son pays. Je n'en avais jamais vu de semblables, comme finesse et comme simplicité. Je m'émerveillai de l'étoffe aérienne. Les manches microscopiques sont montées sur la longue robe en broderie, et le tissu, sans être de la soie, est doux comme une brume. Je lui demandai :

— Quand l'habillerez-vous ainsi ?

Elle sourit et, d'un geste rapide, me tapota la joue. Elle a des manières charmantes et enjôleuses, maintenant qu'elle est heureuse.

— Six jours par semaine, il sera l'enfant de son père, mais le septième, je le vêtirai de lingerie et de dentelles : il sera américain. (Puis, soudain grave, elle ajouta :) Au début je croyais pouvoir en faire un véritable Chinois, mais à présent je sens que je lui donnerai aussi un peu de l'Amérique, car c'est moi-même. Il appartiendra aux deux côtés du monde, ma petite sœur, à la fois à vous et à moi.

Je lui souris de nouveau. Je vois pourquoi elle a attiré le cœur de mon frère et le tient solidement.

Leur enfant nous est arrivé, ma sœur ! Je l'ai reçu dans mes bras, des mains de Wang Da-ma. Avec des murmures et des rires de fierté elle me l'abandonna. Je le considérai avec empressement.

C'est un homme enfant, un enfant fort et robuste. Il est vrai qu'il n'a pas la beauté de mon fils. Il ne saurait en naître un second comme celui qui nous a été donné, à mon mari et à moi. Le fils de mon frère et de ma sœur ne ressemble à aucun autre enfant. Il a la forte ossature et la grande vigueur de l'Occident, mais ses cheveux et ses yeux sont noirs, comme les nôtres, et sa peau, bien qu'elle ait l'éclat du jade, est de teinte sombre. Ses yeux et ses lèvres me rappellent déjà un peu l'expression de ma propre mère.

Avec quel mélange de joie et de peine je note cette ressemblance !

Je n'en dis rien à ma sœur ! Je lui apporte son enfant. Je remarque en riant :

— Vois ton œuvre, ma sœur ! Dans ce petit nœud tu as noué deux mondes !

Elle est étendue, faible, rayonnante.

— Mettez-le là, près de moi, murmure-t-elle, et je lui obéis.

Il était couché tout brun, contre le sein couleur de lait de sa mère. Elle posa son regard sur lui et toucha, de ses doigts blancs, les cheveux noirs.

— Il mettra la veste rouge, fis-je, souriant devant ce tableau. Il est beaucoup trop brun pour la blanche.

— Il est comme son père, et je suis heureuse, fit-elle simplement.

Son mari entra alors, et je me retirai.

Hier soir, après la naissance de l'enfant, je me tenais près de mon mari, dans la chambre de notre fils. Ensemble nous contemplions le clair de lune par la fenêtre ouverte. L'air était limpide et notre petit jardin ressemblait à une peinture brossée en noir et blanc. Les arbres s'élevaient sur le ciel, pointes d'ébène que la lune effleurait d'argent.

Derrière nous, notre fils dormait dans son lit de bambou qui devient trop petit pour lui, il lança ses bras en l'air dans son sommeil, et ses mains heurtèrent légèrement les côtés. C'est un homme à présent. Nous nous regardâmes, mon mari et moi ; nous nous sentions fiers en écoutant sa forte et vigoureuse respiration.

Et je songeai alors au petit nouveau-né et à sa ressemblance avec ma mère, dont la vie vient de se terminer lorsque la sienne commence. Un peu triste, je dis tout bas :

— Au milieu de quels déchirements l'enfant de notre frère et de notre sœur n'a-t-il pas pris vie : sa mère quitte son pays et sa race ; la mère de son père renonce dans la douleur à son fils unique ; son père malheureux abandonne sa demeure, ses ancêtres et le passé sacré !

Mais mon mari se contenta de sourire. Il entoura mes épaules de son bras. Puis gravement, il reprit :

— Ne pensez qu'à l'union joyeuse qui accompagne sa venue : il a lié en un seul les cœurs de ses parents, ces deux cœurs, si différents par la naissance et l'éducation, séparés par des divergences séculaires. Quelle union !

C'est ainsi qu'il me console lorsque je me rappelle les tristesses passées. Il ne me permet pas de m'accrocher aux choses pour la seule raison qu'elles sont anciennes. Il tient mon visage tourné vers l'avenir, il dit :

— Il faut laisser tout cela s'en aller, mon amour ! Nous ne voulons pas que notre fils soit enchaîné par de vieilles coutumes inutiles.

En songeant à ces deux enfants — mon fils et son cousin frère — je sens que mon mari a raison, toujours raison !

Composition réalisée
par EUROCOMPOSITION

Impression réalisée sur CAMERON par
BRODARD ET TAUPIN
La Flèche
pour le compte des Éditions Stock
en mai 1992

Imprimé en France
Dépôt légal : Mai 1992
N° d'édition : 8666 - N° d'impression : 6575F-5
54-05-4125-91
ISBN : 2-234-02484-6